KB124208

둘이서 함께 그려온 그림

금혼식을 맞아 지난 세월을 돌아보며

김학주 지음

明文堂

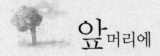앞머리에

퇴직을 하고 난 뒤 최근에는 자서전 성격의 글도 쓰기 시작하였다. 이미 출판된 『내 인생의 스승』(연암서가, 2009)과 『나와 서울대 중국어문학과 반세기』(명문당, 2010)가 바로 그것이다. 나는 전국에 중국어문학과가 서울대 한 군데 밖에 없고 교수도 차상원(1910-1990) 선생님 한 분 밖에 없던 시절, 곧 1952년 한국전쟁이 계속 진행되고 있던 때 부산 산비탈에 임시로 지어놓은 서울대학 바라크 교사에서 입학하여 공부를 시작하였다. 그 뒤로 우리 조국의 발전과 함께 중국어문학과도 크게 발전하고 중국어문학계도 따라서 급속도의 성장을 하였다. 그러나 뒤의 분들은 그 사이 학과나 학계의 자세한 변화와 발전 경과를 알지 못하는 것이 많다. 그에 관한 기록도 남아있는 것들이 거의 없다. 때문에 나의 지난 경험은 기록으로 남겨야 한다고 생각되어 이런 글을 쓰게 된 것이다.

공적인 생활뿐만이 아니라 내가 겪은 일본 식민지 시대 생활이나 6 · 25 사변의 경험 같은 사생활도 뒤의 분들로서는 짐작도 못할 일이 많다. 특히 1951년 1 · 4 후퇴 때에는 학생으로 국군부대를 따라가 일선에서 많은 중공군을 접하기도 하였다. 그러한 경험 중에는 공개하기 꺼려지는 대목들도 있어서 아직 발표를 못하고 있다. 그렇지만 나의 개인생활도 기록으로 남겨야 할 의무 같은 것을 느끼고 있다. 다만 나라의 운명과 관계되는 개인 경험에는 사실대로 공개하기 어려운 대목도 있기 때문에 먼저 나라의 운명과는 관련이 적은 가정생활 얘기를 모아보자는 생각이 들었다. 그 결과 이루어진 것이 이 『둘이서 함께 그려온 그림』이라는 작은 책자이다.

그 내용은 앞뒤 편으로 나누어져 있는데, 앞편 '둘이서 함께 그려온 그림 ─금슬은 부질없이 오십 줄인데(錦瑟無端五十絃)'는 나의 부부생활을 중심으로 한 가족과 관련이 있는 얘기들을 모은 것이다. 너무 자기 아내를 추겨 세워 남들이 흉을 볼 것만 같다. 뒤편 '퇴직한 뒤의 이런 일 저런 일 ─전원으로 돌아와 산 삶(歸園田居)'은 정년퇴직을 한 뒤 분당으로 이사를 와서 써놓은 글을 모은 것이다. 정년을 한지도 어느덧 14년이 넘었다. 14년의 세월을 두고 쓴 글이라 주변의 변화로 말미암아 앞뒤가 잘 어울리지 않는 대목도 약간 있다. 그러나 이 시기는 대체로 내가 나의 이상을 어느 정도 적극적으로 추구해온 시절의 얘기라서 자기 자랑이라고 비판할 분도 있을지 모르겠다. 어떻든 여기에는 평생을 나와 함께 해준 아내에게 감사의 뜻을 표시하려는 마음도 담겨 있다.

오직 이를 읽는 사람들에게 좋은 거울이 되어주기만을 간절히 빈다.

2013년 4월 30일
인헌서실에서 씀

퇴직한 뒤의 이런 일 저런 일

◉ 전원으로 돌아와 사는 삶(歸園田居) ◉

1부

둘이서 함께 그려온 그림

금혼식을 맞아 지난 세월을 돌아보며

1
오십 년 동안 둘이서 함께 그려온 그림
−금슬은 부질없이 오십 줄인데(錦瑟無端五十絃)−

　　　　　올해 11월 18일이 나의 결혼 50주년이 되는 금혼식 날이다. 나는 1961년 2월 타이완 유학을 마치고 귀국하여 대학의 시간강사 생활을 시작하면서 친구들의 소개로 아내를 만났다. 그 시절 나는 경제적으로 내 한몸을 지탱하기에도 벅찬 실정이었고 주위의 모든 여건이 여자에게 관심을 지닐 여유가 없는 생활이었다. 때문에 모든 면에서 훌륭한 내가 좋아하는 여자가 가까이 있어도 나는 일부러 그런 사람을 멀리하며 지냈다. 여자 친구를 갖거나 결혼을 하려는 마음은 전혀 갖고 있지 않았다. 혹 내가 사랑하는 여인이 나타난다 하더라도 나는 그녀를 행복하게 해 줄 자신이 없었기 때문이다.

이런 때 친구의 소개로 지금의 아내를 만났다. 그때 나는 이 여자는 나와는 전혀 맞지 않는 상대라고 생각하면서 상대도 하지 않으려고 하였다. 그러나 어쩌다가 "결혼은 뜻이 맞는 두 남녀가 만나 깨끗한 캔버스 위에 함께 힘을 합쳐 새로운 그림을 그리는 것이나 같은 일"이라고 하는 그녀의 결혼관에 끌리게 되어 마침내는 결혼까지 하게 되었다. 그때부터 우리는 양쪽 집의 도움도 거의 받지 않고 무척 어려운 중에도 둘이 힘을 합쳐 깨끗한 하얀 캔버스에 아름다운 그림을 그리는 식의 결혼생활을 하여 왔다. 그 세월이 어느덧 50년이나 흐른 것이다. 우리 두 사람이 오십 년 세월을 두고 그려온 그림, 곧 우리의 살아온 모습은 어떤 모양일까?

우연히 만당(晚唐)의 시인 이상은(李商隱, 812-858)의 시가 머릿속에 떠올랐다. 이상은의 시는 옛날부터 아름다우면서도 뜻을 제대로 파악하기 어려운 것으로 유명하다. 그런데 그의 시 중에서도 그의 시집 첫머리에 실려 있고 정확한 뜻을 파악하기 어려운 작품으로 유명한 「금슬(錦瑟)」시가 나의 금혼과 연결되어 생각이 난 것이다. 마치 천여 년 전에 이상은이라는 대시인이 미리 나의 금혼식을 축하해주기 위하여 지어 놓은 것이 바로 이 시라는 생각이 든 것이다.

첫 구절이 "금슬은 부질없이 오십 줄이라"는 내용의 "금슬 무단오십현(錦瑟無端五十絃)"이다. '금슬'은 원만한 부부 사이를 뜻하는 '금슬(琴瑟)'을 연상케 하고, '오십 줄'은 결혼 '오십 주년'의 세월을 생각나게 한 것이다. '금슬'이란 아름다운 비단의 무늬처럼 장식하고 치장한 화사한 슬이다. 슬은 금(琴)과 함께 옛날 중국의 대표적인 현악기의 일종으로 25줄의 것이 일반적이었으나 50줄로 이루어진 것도 있었다. 나는 이 시의 뜻을 정확히 파악은 못하면서도 여러 사람들의 주석과 번역을 참고하여 나의 『당시선(唐詩選)』(명문당, 2011. 6.)에 대강 아래와 같이 옮겨 놓았다.

　　금슬은 부질없이 50줄이나 되는데
　　한 줄 한 받침기둥마다 화사한 세월 생각나게 하네.
　　장자는 새벽꿈에 나비가 된 뒤 자신이 사람인가 나비인가
　　　어리둥절하였고,
　　촉(蜀)의 망제는 사랑하는 여인 그리는 마음 지극하여 죽
　　　은 뒤 두견새 되어 울었다네.
　　푸른 바다에 달 밝을 때면 교인(鮫人)이 눈물 흘려 진주가
　　　되고,

남전에 해 따스할 적이면 옥돌에서 연기가 피어오르네.

이러한 정념들 추억되어 있으나 되짚어보니

오직 옛날 일들이라 모두 아득하기만 하네.

금슬무단오십현　일현일주사화년
錦瑟無端五十絃,　一絃一柱思華年.

장생효몽미호접　망제춘심탁두견
莊生曉夢迷蝴蝶,　望帝春心託杜鵑.

창해월명주유루　남전일난옥생연
滄海月明珠有淚,　藍田日暖玉生煙.

차정가대성추억　지시당시이망연
此情可待成追憶,　只是當時已惘然.

　　중국학자들이 "금슬과 같은 화사한 세월"을 뜻하는 '금슬
화년(錦瑟華年)' 이란 말을 보통 젊었던 화려한 청춘시절을 가
리키는 말로 쓰고 있기 때문에 대체로 젊고 행복했던 젊은
시절을 회상하는 시라 전제하고 번역한 것이다. 송(宋)나라
때의 하주(賀鑄, 1052-1125)도 그의 사 「청옥안(靑玉案)」에서
'금슬화년' 이란 말을 이렇게 쓰고 있다.

　　아름다운 여인 횡당로에서 볼 수 없게 되고,

　　다만 꽃잎 섞여 날리는 먼지만 보게 되었으니,

　　금슬 같은 화사한 좋은 이 시절 누구와 더불어 보낸단 말

　　　인가?

능 파 불 과 횡 당 로　　단 목 송 방 진 거　　금 슬 화 년 수 여 도
凌波不過橫塘路, 但目送芳塵去, 錦瑟華年誰與度?

　여기서는 '금슬화년'을 "금슬 같은 화사한 좋은 이 시절"
이라 옮겼다. 일반적으로 행복했던 젊은 시절을 가리키는 뜻
과는 약간 다르게 옮겼지만 상관없는 일이다.

　그러나 왜 50줄을 노래하고 있는가? 장자의 나비 꿈은 무
엇을 뜻하는가? 두견새와 두견화의 전설은 무엇을 가리키는
가? 바닷속에서 교인이 눈물을 흘리면 진주가 만들어진다는
전설은 무엇을 상징하고 있는가? 남전에는 따스한 날이면
연기를 피워 올리는 옥돌이 많다는 것은 무엇을 말하는가?
매우 유명한 시임에도 불구하고 어떤 학자도 이를 시원히 설
명하지는 못하고 있다. 나도 잘 모른 채 대강 글의 뜻을 좇아
위처럼 옮겨놓기는 하였다.

　그런데 요새 결혼 50주년이 되는 해를 맞이하면서 이 시를
읽어보니 마치 이상은이라는 당대의 대시인이 1000여 년 전
에 미리 내 결혼 50주년을 축하하는 뜻으로 지어놓은 시인
것만 같이 느껴졌다. 마치 이 시인이 우리가 50년을 두고 그
려온 그림에 아름다운 슬의 연주까지 깃들여준 것 같은 느낌
이었다. 그래서 혼자 우쭐하면서 기뻐하였다. 나의 50년의
결혼 생활을 이상은이라는 대시인이 50줄의 화사한 금슬에

비기면서 읊은 시 같이 여겨졌기 때문이다.

"금슬은 부질없이 50줄이나 되는데,
　한 줄 한 받침기둥마다 화려한 세월 생각나게 하네."

　내 생애에서 '금슬' 이란 말로 형용할 수 있는 기간은 1962
년 결혼 이후이다. 나에게 있어 "금슬 50줄"은 결혼 50년의
세월이다. 그 "한 줄 한 받침기둥"은 어떤 것이 줄이고, 무엇
이 기둥인지는 몰라도 우리 부부가 함께 손잡고 흰 캔버스에
그림을 그리듯이 살아온 50년의 세월을 두고 이룩한 일들을
가리키는 것 같다. 혹은 우리 부부가 하나는 줄이 되고, 하
나는 기둥이 되어 우리가 그리는 그림에 음악까지도 곁들여
놓았던 것도 같다. 여기의 기둥이란 우리나라 가야금의 기러
기발이나 같은 것일 것이다. 우리가 함께 살아온 한 해 한 해
와 하루하루가 추억 속에 소중하게 되살아난다. 일반 사람들
은 20대를 '금슬 같은 화사한 시절(錦瑟華年)' 이라 하지만, 나
는 그 이전의 생활은 고난과 방황의 연속이었기에 '금슬' 로
그 시절을 표현할 수가 없다. 소학교는 일본 통치 말엽에 방
공호를 파면서 방공연습을 하고 산에 가서 솔뿌리를 캐는 노
동까지 하면서 애매한 날짜에 졸업을 하였고, 중학교는 해방

바로 다음 해에 들어갔으나 학년 시작이 3월에서 9월로 왔다 갔다 하고 1학년 때부터 잘 알지도 못하는 문제 같은 것으로 선배들을 따라 동맹휴학 같은 것으로 나날을 보내며 공부할 새가 없었는데, 1950년에는 한국전쟁이 일어나 혼란 속에 죽을 고비를 넘기며 여기저기 헤매다가 얼떨결에 학제까지도 바뀌어져 고등학교를 마쳤다. 다행히도 졸업학년 때 훌륭한 수학 선생님을 만나 엉뚱한 수학 한 과목을 열심히 잘 한 덕분에 아직도 내전이 이어지고 있던 1952년에 서울대학 입학시험에 합격하여 중문과에 들어갔다. 이 시절 대학은 강의도 거의 하지 않고 세월만 보내는 상태여서 중국어 공부조차도 뒤에 자습으로 하여야만 하였다. 그러나 졸업을 한 뒤 타이완(臺灣)의 국민당 정부에서 우리나라에 국비장학생을 네 명 보내달라는 요청이 와 우리 정부에서 유학생을 공개시험으로 뽑았는데 운 좋게 합격하여 타이완 유학을 할 수가 있었다. 이 타이완 유학이 나를 대학교수가 될 수 있게 해 주었다.

  1961년 2월 타이완 유학을 마치고 귀국하여 시간강사로 서울대를 비롯하여 한두 대학의 강의를 맡기는 하였으나 앞날이 별로 밝지 않았다. 그러나 뜻밖에도 운이 좋아 다음 해에 아내를 만나 둘만의 힘으로 흰 캔버스에 그림을 그리는 새로운 생활을 시작하게 되었다. 그때부터 나는 흔들리지 않고 내가 세운 목표를 향하여 어려움을 이겨내며 온 힘을 쏟는 생활을 할 수가 있었다. 그리고 학문생활에 전심하면서 업적을 조금씩 쌓아갈 수가 있었다. 이때부터 나의 "금슬 같은 화사한 시절"은 시작이 된다. 지금 생각해 보아도 50년의 지난 하루하루가 나에게는 꿈만 같은 제대로 살아온 시절이다. 나에게 20대는 '금슬 같은 화사한 시절'이 못 된다. 금슬은 우리 부부가 50년에 걸쳐 그려 놓은 그림을 뜻한다.

> "장자는 새벽꿈에 나비가 된 뒤 자신이 사람인가 나비인가
>   어리둥절하였고,
>   촉(蜀)의 망제는 사랑하는 여인 그리는 마음 지극하여 죽
>   은 뒤 두견새 되어 울었다네."

우리 둘이 그려온 그림은 한 폭의 아름다운 그림이 이루어져 가고 있는데, 이 모든 그림을 내가 나의 힘으로 그린 것인지, 더러는 다른 사람의 손길도 섞여 있는 것인지 그림을 둘러볼 때 어리둥절하기만 하다. 앞 구절은, 도가의 중심인물인 장자(莊子)가 그의 책 제물론(齊物論)에서 밤에 잠을 자다가 꿈에 자신이 나비가 되어 훨훨 날아다니는 꿈을 꾸었는데

깨어나서는 "자기가 사람으로 나비 꿈을 꾼 것인지, 나비가 사람이 된 꿈을 꾸고 있는 것인지 잘 모르겠다."고 한 대목을 인용한 것이다. 지난 50년 동안의 생활이 내 노력으로 이루어진 결과만이 아닌 것은 분명하다. 뿌듯하면서도 어리둥절한 것은 어찌하는 수가 없다. 그저 모든 것을 하나님의 축복으로 돌리는 수밖에 없다. 둘째 구절은, 옛날 촉(蜀)나라 임금 망제(望帝)가 임금 자리를 자기 재상에게 물려주고 물러나 숨어 살다가 죽어서 두견(杜鵑)새가 되었다는 전설을 인용한 것이다. 망제는 이름이 두우(杜宇)인데 왜 임금을 그만 두었는지, 어떻게 죽었는지 왜 두견새가 되었는지는 기록에 없다. 봄에 애절하게 우는 두견새 소리를 듣고 촉 땅의 사람들이 이러한 전설을 만들어 내었을 것이다. 한편 내 가슴속에는 망제가 죽은 뒤 아무 까닭도 모르게 두견새 되어 운 것 같은, 아무도 모르는 가슴 뜨거워지게 하는 상념과 가슴 아프게 하는 옛 일들도 이루어 놓은 일들 사이에 뒤섞여 있다. 우리가 그린 그림 속에는 왜 저런 곳에 붉은 칠이 되어 있고, 저런 곳은 왜 파랗게 칠해져 있는지 나 밖에 모르는 무척 아름답거나 무척 이상하다고 느껴지게 하는 구석들도 있다. 어떻든 틀림이 없는 것은 망제가 두견새 되어 울 때에 우는 소리 마디마디 따라 두견화(杜鵑花)가 피어났듯이 우리의 애써

온 일 하나하나마다 언제나 아름다운 무엇인가가 이루어져
왔다고 믿는다.

> "푸른 바다에 달 밝을 때면 교인(鮫人)이 눈물 흘려 진주가
>   되고,
> 남전에 해 따스할 때면 옥돌에서 연기가 피어오르네."

첫 구절은 옛날에는 바다의 진주조개가 달이 밝으면 그 속
의 진주도 둥글게 자라고, 달이 일그러질 적에는 진주도 이지
러진다고 알려졌던 속설과 바다에는 교인(鮫人)이 살고 있는
데 그들은 물에 젖지 않는 비단을 짜고 있으며, 그들이 눈물
을 흘리면 진주로 변한다고 하는 전설 두 가지를 합쳐 이룬
것이다. 둘째 구절의 남전(藍田)은 지금의 선시(陝西)성 란텐
(藍田)현 동남쪽에 있는 산 이름으로, 거기에는 좋은 옥돌이
많이 나는데 날이 따스할 적에는 좋은 옥돌에서 연기가 피어
오른다는 전설을 인용하여 읊은 것이다.

그 사이 우리는 2남 1녀를 낳았는데 모두 다 잘 자라주었
다. 아들들은 결혼하여 모두 아들 두 명과 한 명씩 낳았고 딸
은 딸을 두 명 낳았다. 그리고 모두 행복하게 잘 살고 있다.
바다에서 나는 진주와 산에서 나는 옥은 우리 아들 딸과 손

자, 손녀들을 가리키는 것도 같다. 혹 내가 결혼 뒤 이루어 놓은 여러 가지 업적도 진주나 옥에 비유될 수 있을지 모르겠다는 생각도 든다. 진주는 아이들을 옥은 내 학문을 비롯한 여러 가지 업적을 가리키는 것으로 보면 어떨까 하고도 생각해 본다. 여하튼 우리가 50년을 두고 그려온 그림은 한편에 진주를 이루어놓기도 하고 옥을 이루어 놓기도 한 것이다.

> "이러한 정념들 추억되어 있으나 되짚어보니
> 오직 옛날 일들이라 모두 아득하기만 하네."

지난 50년의 결혼생활이 '금슬화년'으로 추억 속에 살아있어서 뿌듯하고 아름답게 여겨지면서도 이미 나에게도 그 모든 것 옛일 되어 기억 속에는 아득하기만 하다.

다만 이 글을 접하는 모든 이들이 '금슬'이란 말을 들었을 때 금슬(錦瑟)보다도 금슬(琴瑟)을 머리에 떠올렸을 것이다. 『시경(詩經)』 국풍(國風)의 관저(關雎)시에 "요조숙녀(窈窕淑女)와 금슬우지(琴瑟友之)로다(아리따운 고운 아가씨와 금과 슬을 타면서 함께 하고 싶네.)."라고 읊고 있고, 같은 책 소아(小雅) 상체(常棣)시에는 "처자호합(妻子好合)이 여고금슬(如鼓琴瑟)이로다(처자들과 잘 화합하는 것이 금과 슬을 연주하는 것 같네.)."하고 노래하고 있기 때문에 특히 우리나라에서 잘 어울리는 부부 사이를 금슬(琴瑟)이란 말로 표현한다. 그리고 금슬은 우리나라의 가야금과 거문고 같은 중국 고대의 대표적인 현악기이고, 지식인들 사이에는 금서지락(琴書之樂)이란 말이 있을 정도로 금이 유행하였기 때문에 '슬'을 얘기하면서도 내 머릿속에는 계속 '금'이란 악기도 함께 맴돌고 있다.

중국 시인들의 시 속에는 역시 금을 읊은 작품도 있다. 남조(南朝) 제(齊)나라의 사조(謝朓, 464-499)에게 금을 노래한 아름다운 시가 한 수 있는데, 「여럿이 함께 악기를 읊음, 금(同詠樂器, 琴)」이라 제목이 붙어있는 것으로 보아 여럿이서 제각기 서로 다른 악기를 하나씩 골라 시를 지은 작품 중의 하나인 것이다. 그 시는 이러하다.

동정호 가에 비바람 맞고 자란 오동나무 줄기와
용문산에 살다 죽었다 하던 오동나무 가지 재목에다
조각을 빈틈 없이 널리 하였는데
잘 어울리는 울림이 맑은 술잔에 서리네.
봄바람이 난초를 흔드는 것 같고
가을달이 아름다운 연못 가득히 비치는 듯.

때마침 별학곡(別鶴曲)이 들려오니

줄줄 나그네 눈물 흐르네.

동 정 풍 우 간　용 문 생 사 지
洞庭風雨幹, 龍門生死枝.

조 각 분 포 호　충 향 울 청 치
彫刻紛布護, 沖響鬱淸巵.

춘 풍 요 혜 초　추 월 만 화 지
春風搖蕙草, 秋月滿華池.

시 시 조 별 학　음 음 객 루 수
是時操別鶴, 淫淫客淚垂.

　금은 군자의 악기라고 알려졌다. 옛날부터 후난(湖南)성 동
정호 가에 자라는 오동나무는 금을 만드는 데 가장 좋은 재
목이라고 알려졌다. 그리고 샨시(山西)성의 용문산에는 높이
가 백 척(尺)이나 되도록 자란 가지도 없는 오동나무가 있었
는데 그 뿌리는 반쯤은 살아있고 반쯤은 죽어 있었다고 한
다. 뒤에 그 오동나무를 잘라서 금을 만들었는데 매우 뛰어
난 명금(名琴)이 되었다는 얘기가 전한다(漢 枚乘 「七發」 의거).
사조가 읊은 금은 재목도 매우 훌륭하고 거기에 조각도 아름
답게 잘되어 있으며, 거기서 나는 소리도 무척 빼어난다. 이
런 명기로 봄바람과 난초를 떠올리게 하고 맑은 연못에 비친
가을 달을 생각나게 하는 음악이 연주되고 있다. 이때 연주

된 금곡 「별학(別鶴)」은 옛날 목자(牧子)라는 사람과 관련이 있는 음악이다. 목자는 결혼한 지 5년이 되어도 그의 처가 아이를 낳지 못하자 부모들이 또 다른 여자를 아내로 얻어주려고 하였다. 그 사실을 안 목자의 처가 슬퍼서 울자 목자도 크게 슬퍼하면서 이 「별학」이란 곡을 만들어 연주하였다 한다. 우리도 이별할 때에는 이러한 슬프고도 아름다운 곡을 연주하게 될 것이라고 상상해 본다.

지난 50년 동안 우리는 50줄의 금슬(錦瑟)같은 그림을 그려 왔으니, 앞으로는 사조가 읊은 금(琴)같은 그림을 그리면 좋겠다는 소망을 가져본다. 줄 수는 50줄까지 채우지는 못할 것이고, 7줄이든 12줄이든 24줄이든 상관 없다. "봄바람이 난초를 흔드는 것 같고, 가을달이 아름다운 연못 가득히 비치는 것" 같이 향기롭고 밝은 소리가 나는 금을 하나 더 그려보자. 그래서 이제까지는 금슬(錦瑟)을 이루어 왔지만 앞으로 그리는 그림으로는 멋진 '금'을 하나 더 보태어 금슬(琴瑟)을 이루어 보자.

11월 18일이 나의 결혼 50주년 기념일이다. 맏아들은 좀 떨어져 살고 있으나 딸은 나와 아파트 같은 동에, 막내아들은 바로 옆 동에 살고 있으니 올해가 50주년이라는 것을 기억하고 아이들은 우리 집으로 축하를 하려고 모여들 것 같다. 그

때 아이들에게 이 글을 출력하여 보여주면 어떨까 생각해 본
다. 중국의 옛날 당나라 시인이 나의 금혼식을 축하하는 이런
시를 써놓았다고 하면 모두들 깜작 놀랄 것이다.

2012년 11월

2
어떻게 둘이서 그림을 함께 그리게 되었나?

나는 1961년 3월에 대만 유학을 마치고 귀국
하여 서울대학에 시간강사로 나가기 시작하였다. 아직 내 앞
길이 확정되지도 않았고, 내 한몸의 생활도 전혀 안정되지
않았던 어려운 시절이었다. 이런 때 나의 친구와 아내의 친
구 두 사람의 소개로 내 아내가 된 사람을 처음 만났다. 나는
그 시절 여자 친구나 결혼 같은 일에는 전혀 관심도 갖고 있
지 않았다. 내 자신 앞으로 학구생활에 몸바쳐 일하려 마음
먹고 있었는데, 그 당시 그 길은 전혀 앞날을 예측할 수가 없
는 험난한 길이었다. 그리고 대학에서 받는 강사료는 혼자

입에 풀칠하기도 바쁜 실정이었다. 게다가 앞으로 내가 생활 방식까지도 본받겠다고 마음먹고 존경하는 나의 스승님들이 모두 부부생활이나 가정생활에는 크게 신경을 쓰지 않고 지내시는 분들이라고 나는 여기고 있었다. 이런 사정들 때문에 나는 앞으로 결혼하지 않고 홀몸으로 평생을 지내게 된다 하더라도 상관없다고 마음먹고 있었다. 게다가 지금은 내가 사랑하는 여인이 혹시 나타난다 하더라도 그 여인을 행복하게 해주기는커녕 함께 생활할 능력도 없다고 나는 단념하고 있었다. 오직 공부와 강의만이 내 꿈과 생활의 전부였다.

그런 내가 처음 친구의 소개로 그녀를 만났을 적의 첫 인상은 완전히 햇볕에 노출되지 않고 바람도 한 점 없는 그늘에서만 자란 콩나물 같은 모습이었다. 어려움이란 전혀 겪어보지 않고 보살핌 속에 곱게 자라서 피부는 유난히 희고 연약하기 짝이 없는 작고 여리기만 한 여자였다. 햇볕 내려 쬐고 바람 사납게 부는 바깥 세상에 나가서는 가벼운 어려움도 견디어내지 못할 사람 같았다. 나는 충주 변두리 마을 농촌 출신으로 어렵게 소학교에서 고등학교 과정을 마치고는 대학에 들어와서는 훌륭한 스승과 선배, 동료들을 만나 대학 강사 자리에까지 올라왔지만 나의 생활은 어려움과 고난의 연속이었다. 나는 일반적인 좋은 여자를 만난다 하더라도 그녀를 행복하게 해줄 능력도 없거니와 그런데 시간이나 정력을 바칠 여유도 전혀 없다고 생각하고 있었다. 그런데 이 여자는 종로구 오래된 동리에서 태어나 서울의 소학교, 중·고등학교를 거쳐 이대 가정과를 나온 사나운 비바람은 한 번도 경험해 보지 못했을 것 같은 순 서울 출신이라는 것이다. 더구나 내가 대학을 다닐 때 한글로 '가'라고 쓴 배지를 가슴에 달고 다니는 이화여대 학생들은 우리가 이성 상대로서 가장 높이 평가하던 여학생들이었다. 우리 두 사람은 가정 배경이나 성장 환경도 전혀 달랐고, 성격이나 생각도 전혀 같지 않은 전혀 다른 종류의 인간임에 틀림이 없었다. 나와는 가까워질 수가 없는 다른 세계의 인간임이 분명하였다. 이런 여자는 나와 같은 환경 속에 들어와서는 견디어 낼 능력이 없는 사람이라 여겨졌다. 때문에 나는 이 여자는 나와는 어떤 관련도 맺어질 수가 없는 상대라 판단하고 냉담한 태도로 그녀를 대하며 말도 몇 마디 교환하지 않고 있다가 먼저 일어나 돌아왔다.

처음부터 내 태도가 너무 덤덤하다는 것을 느낀 우리를 소개해준 두 사람은 포기하지 않고 얼마 뒤 두 번째로 우리를 찻집으로 불러내어 다시 만나는 자리를 마련해 주었다. 그리고 나이도 먹을 만큼 먹었으니 소개해 주는 사람의 성의를 생각해서라도 좀 진지하게 함께 얘기라도 해보라는 충고를 남긴 다음, 우리 두 사람만을 남겨놓고 먼저 일어나 가버렸다. 하는 수없이 나는 상대방에게 나를 단념시키려고 나의 실정과 진심을 솔직히 얘기해주기로 하였다. "나는 지금 여자 친구라든가, 결혼 같은 것은 생각할 수도 없는 처지이다. 그런 일에 대하여는 전혀 관심도 갖고 있지 않고 또 관심을 지닐 여유도 없는 상태이다. 나는 부모도 경제능력이 형편없고 나의 직업이나 직장도 전혀 확정되어있지 않은 실정이다. 나는 이성 문제에 있어서는 아무런 준비도 되어있지 않은 모든 면에서 완전히 백지 상태인 자이다."라는 따위의 말을 열심히 했던 것 같다. 그런데 상대방으로부터 정말 뜻밖의 반응이 들려왔다.

친구를 사귀는데 무슨 준비가 필요하냐? 자신은 친구란 오직 한 가지 사람됨만이 문제라고 생각한다. 자기는 뜻만 맞는 사람이라면 누구든 사귀겠다고 하였다. 정말로 뜻이 맞는 사람을 만나기만 하면 그와 함께 깨끗하고 흰 캔버스 위에 둘이 손을 잡고 힘을 합쳐 함께 두 사람이 생각하고 꿈꾸는 그림을 그리면 된다고 생각한다. 자기는 상대방이 아무런 잡된 것도 없고 깨끗한 백지 상태일수록 더욱 좋다고 여겨진다는 것이다. 그래야 두 사람만의 꿈을 살려 새로운 멋진 자기의 그림을 그릴 수 있을 것이라는 것이다. 부모나 남들이 이미 그려놓은 밑그림 위에 덧칠이나 하는 짓은 하기 싫다는 것이었다. 자기가 꿈꾸는 친구는 건전하고 깨끗한 몸과 마음을 지닌 자기와 뜻이 맞는 사람이라는 것이다. 그 밖에는 아무런 조건도 준비도 필요 없다는 것이다.

나는 속으로 무척 놀랐다. 거짓말이라 여겨졌다. 이런 작고 연약한 여자가 정말로 다른 사람과 손잡고 어려움과 험난함을 극복하며 백지 위에 자기 힘만으로 새로운 그림을 그리는 생활을 할 수 있을까 전혀 믿어지지 않았다. 그리고 한편으로 호기심도 발동하였다. 이렇게 콩나물처럼 여리게 자란 여자가 정말로 나와 같은 어려운 여건을 이겨내면서 백지에 고난을 극복하며 어려운 그림을 그리려 할까 두고 보자는 생각이 들었다. 두어 번 나를 만나 데이트하다 보면 견디지 못하고 실망하여 더 이상 나를 만나주지 않을 것이라 생각하였다. 이에 차를 마시면서 얘기를 좀 더 나누다가 다음에 만날 약속 날짜를 잡았다.

처음 그녀를 만나는 날, 나는 뚝섬유원지로 놀러나갈 것을 제의하였다. 그녀가 응낙하자 우리는 날씨가 더운데도 종로에서 시내버스를 잡아타고 뚝섬으로 나갔다. 나는 시내버스를 타고 뚝섬에 가기만 해도 이 여자는 지쳐버릴 것으로 생각하였다. 그러나 나의 예상은 모두 빗나갔다. 놀이터에서 보트를 태워주자 지쳐 떨어지기는커녕 무척 즐거운 모습이었다. 한참 놀다가 다시 강변의 둑을 따라 광나루까지 걸어갔다. 그때에는 뚝섬으로부터 광나루까지 잡초로 덮인 큰 둑이 이어져 있었다. 더운 여름날이라 내가 노질을 하면서 타는 보트놀이를 즐거워하는 것은 당연한 일인지도 모른다. 그러나 뚝섬으로부터 광나루까지의 강둑은 거리도 4km가 더되었을 것이다. 게다가 둑 위에는 잡초가 우거져 있어 걷기에도 무척 불편하였고, 그날의 날씨도 매우 더웠다. 이 여리고 약해보이는 여자는 파라솔로 햇볕을 가리고 불편한 구두를 신고 땀을 흘리면서 나를 따라왔다. 그런 중에도 가끔 중간에 쉴 적에는 잡풀 속에 피어있는 들풀 꽃을 발견하고 예쁘다는 환성을 지르기도 하였다. 이처럼 촌스럽게 끌고 다니는 데이트에 이 여자는 지치는 것 같으면서도 한편 무척 기뻐하고 신이 나는 것 같았다. 곧 지쳐 나와 함께 다니는 것을 포기하리라고 생각한 내 예상은 완전히 빗나갔다.

이 뒤로는 이 여인을 가끔 만나 차도 함께 마시고 한강을 좋아한다고 여겨져 한강 쪽으로 여러 번 놀러 나갔다. 그 시절에는 제일한강교 근처 강물에서도 사람들이 물놀이를 하였다. 나는 그때 삼선교에 하숙을 하고 있었음으로 그때는

별로 개발되지 않았던 삼선교 뒷산과 성북동 쪽 산책도 많이
하였다. 그녀는 물가나 산 가까이로 데리고 나가면 무척 좋
아했는데, 나는 그때 그녀가 나를 좋아하는 것이 아닌가 하
고 혼자 속단하기도 하였다.

　나는 이 정도 나와 접촉했으면 내가 정말로 빈털터리인데
다가 돈을 벌려는 욕심이나 출세하려는 욕망도 없는 꽁생원
임을 알았으리라고 믿었다. 그러나 이 여자는 끝내 두 손을
들지 않았다. 정말 새하얀 캔버스에 아무런 간섭도 받지 않
고 둘이서 그림을 그려보려는 여인 같이 여겨졌다. 전혀 바
라지도 않았던, 그리고 기대할 수도 없었던 한 여인이 뜻밖
에도 내 가까이로 다가와 준 것이다. 그렇게 두어 달이 지난
어느 날 저녁, 덕수궁 뒤 돌담길을 둘이서 걸어가다가 결국
은 그녀의 여린 손을 잡고 말았다. 그 작은 손은 나의 온몸을
격정 속에 떨게 하였다. 아무래도 운명인 것만 같았다. 훨씬
뒤에 알게 된 일이지만 그녀는 서울 한복판에 여자 형제들
틈에 태어나고 자라나서 6·25전쟁 때 피란 나간 이외에는
사대문 밖을 별로 나가본 일이 없다는 것이다. 때문에 교외
에 나가는 것이 무척 즐거웠다는 것이다. 더구나 보트는 내
덕분에 처음 타 보았다고 하였다. 어떻든 나는, 나를 좋아한
다는 착각 속에 날이 갈수록 그녀에게 가까이 다가가게 되었

던 것이다.

약혼을 하려고 그녀 집에 인사를 갔는데, 그의 가족들이 나를 만나보고 나의 실정 얘기를 들은 뒤 부모며 형제들 모두가 시큰둥한 반응이었다. 사람은 괜찮은 것 같은데 기타 조건이 아주 좋지 못하다는 의견들이었다. 나는 처음부터 그런 반응을 예견하고 있었기에 아무렇지도 않은 것이 당연하지만 그녀도 가족들 앞에 조금도 기가 죽지 않고 당당하였다. 오히려 그녀가 자기 가족들의 홀대에 대한 나의 반응에 신경을 쓰는 것 같았다. 때문에 우리의 결혼은 물 흐르듯이 순조롭게 진행되었다.

우리는 1962년 11월 18일 결혼하였다. 간단한 신혼여행에서 충주 부모님이 계신 고향으로 돌아가니 여러 대를 살아온 동리라 부모님은 동리 사람들을 위하여 잔치를 벌여주었다. 그때 나의 친척과 동리 부인들은 아내가 앉아있는 주위에 몰려들어 모두가 '이런 여린 손으로 밥이나 지을 수 있겠느냐', '살갗으로 볼 때 물 한 번 묻혀보지 않은 것 아니냐'는 등의 걱정이었다. 나는 당연한 의견이라고 생각하면서 한편 어려운 나와의 생활을 잘 견디어 낼 것인가 걱정도 무척 되었다.

결혼이라고 해도 거의 양편 부모의 도움도 받지 않고 정말 흰 종이 위에 둘만의 힘으로 손잡고 그림을 그리기 시작하는 모양새였다. 결혼 전에 생활을 위하여 중학교 교사로 취직했었다. 그러나 결혼 뒤 얼마 안 있어 대학 강의와 연구에 전념하기 위하여 중학교 선생을 그만두었다. 대학 강사료만으로는 두 사람이 먹고 지내기도 쉽지 않은 실정이었는데도 아내는 자기도 고난을 겪어야만 할 어려운 길을 택하는 내 꿈을 무조건 따라주었다. 그러나 60년대에는 대학의 학생들 데모가 잦아 강의를 못하는 날이 많았는데, 강의를 하지 못하면 강사료도 주지 않았다. 집에 실제로 쌀이 떨어진 적도 있었단다. 그러나 아내는 자기 집에만 가면 쌀 정도는 얼마든지 가져올 수 있는 데도 전혀 친정에 기대는 일이 없었다. 아마도 친정 식구들이 나와의 결혼을 별로 반기지 않는 실정이라 그랬을 것이다. 우리의 결혼식이나 새살림을 차리는 비용은 우리 집에서는 전혀 모른 체 하였고 처가에서도 최소한의 대우로 그쳤다. 처가에서는 우리가 먹고 지낼 쌀도 떨어지는 형편이라는 것을 전혀 눈치도 채지 못하였다. 어쩌다가 처가를 방문하면 장인께서는 나를 데리고 이웃의 일식집에 가 술을 사 주는 일도 있었다. 나는 집안의 달랑거리고 있는 양식 사정과 제대로 밥도 홀로 챙겨 먹지 못하고 있을 아내를 생각하면서 억지로 태연을 가장하고 어른의 상대가 되어 드려야 했다.

나는 1965년에 전임교수가 되었지만 그때 서울대학교수의 보수는 무척 적었다. 아내는 둘째 딸이고, 그의 아래에는 여자 동생 둘과 다시 남자 동생 세 명이 있다. 내가 전임이 된 뒤에도 네 명의 동서 중 내 수입이 가장 적어서 생활이 가장 궁색하였다. 그러나 장인께서는 나를 날로 좋아하시게 되어 약주를 사위들 중 나와만 드셨는데, 둘째 딸에 대한 전부터 지녔던 믿음이 그 남편인 나에게까지 연장되었던 때문인 것 같다. 뒤에 장인께서 돌아가시기 전 불편하셨을 때 병원 수발을 우리 부부가 가장 열심히 끝까지 들어드렸던 것을 보면 장인께서 둘째 따님의 성격을 제대로 알고 계셨던 것도 같다.

이렇게 우리는 둘만의 그림을 백지 위에 그리기 시작하여 많은 어려움을 이겨낸 끝에 올해 11월 18일로 어언 만 50년이 되어가고 있다. 곧 금혼식 날이 다가오고 있는 것이다. 적지 않은 세월을 함께 하여 왔다. 우리 사이에는 결혼한 뒤 2남 1녀가 태어나 잘 자라주었고 다시 그 아래 2명의 외손녀와 3명의 친손자가 태어나 모두 건강하게 학교를 잘 다니고 있다.

우리 집에서 모든 집안일의 주재자는 단연 아내라는 것은 내 주위 분들 모두가 공인하고 있는 사실이다. 모든 집안일을 아내가 다 처리해 주기 때문에 나는 결혼한 뒤로부터 지금까지 한눈팔지 않고 내가 할 일, 내가 하고 싶은 일만을 해 올 수가 있었다. 아내 덕분에 나는 내가 하는 일 이외의 다른 데에는 별로 관심도 갖지 않고 가볍고 깨끗하게 살아온 셈이다. 그림을 둘이서 손잡고 그렸다고는 하지만 나는 처음 구도를 이루는 데에만 손을 어느 정도 대었고 그 뒤의 섬세한 부분이나 색칠 같은 것은 거의 모두 아내 손에 의하여 이루어진 셈이다.

2012년 10월

3
우리의 신혼집과 살아온 집들

　　　　　내가 학교에 다니면서 존경하고 본뜨려던
분들이 모두 돈에는 초연한 분들이라 나는 가난한 집안 출신
에 돈도 없으면서도 줄곧 돈에는 초연한 태도로 살아왔다.
따라서 1962년 아내를 만나 약혼을 한 뒤에 내가 학교 근처
동숭동에 마련할 수 있었던 예정된 신혼 방은 겨우 당시의
돈으로 6만 원(화폐개혁 전의 값) 정도만 내면 되는 전세 단칸
방이었다. 나는 두 사람이 살아가는데 단칸방 하나만 있어도
충분하다고 여기고 결혼을 앞두고도 아무런 걱정을 않고 지
내고 있었다.

어느 일요일 날 아내와 동숭동 학교 근처에서 만나 나는 이 근처에 단칸방을 전세로 얻어 신혼살림을 시작할 작정임을 알려주었다. 내 말을 들은 아내는 조금 뒤 나에게 그와는 좀 다른 의견을 제시하였다. 그때 내 하숙방에는 이미 책이 가득 쌓여 있어서 아내는 방 한 칸으로는 한 사람이 지내기에도 불편한 여유밖에 남지 않을 형편임을 알고 있었기 때문이다. 아내는 내게 우리는 아직 젊으니 약간 교외로 나가 아침 잠 30분 정도만 덜 잘 각오만 한다면 6만원으로 두 칸 방쯤은 구할 수 있을 거라는 것이었다. 당신은 책이 많고 또 늘 공부를 하여야 하기 때문에 신혼이라 하더라도 방 두 개는 있어야 한다는 주장이었다. 나는 그 말에 동의를 하지 않을 수가 없었다. 아내는 당장 함께 교외로 나가 방을 찾아보자고 재촉하였다. 우리는 미리 정해진 목적지가 없었음으로 동숭동으로부터 종로 5가 버스 정류장으로 걸어가 무조건 동대문 방향으로 나가는 첫 버스를 타고 그 버스 종점까지 가서 그 종점 근처 동리의 집 사정을 알아보기로 하였다.

　우리가 종로 5가로 나가 마침 잡아 탄 버스는 청량리를 지나 이문동의 한국외국어대학 정문 앞에 이르러 종점이라며 멈추어 섰다. 그 시절 외국어대 앞은 사람들이 사는 동리도 제대로 이루어져 있지 않고 자동차 길은 포장도 되어있지 않

아 진흙탕이었다. 그곳으로부터 더 밖으로 나가면 논밭이었
고 멀리 쌓여있는 석탄 더미도 두어 군데 보이는 전혀 마음
에 들지 않는 풍경이었다. 그러나 그때는 가을철이고 햇볕이
밝고 맑은 쾌적한 날씨였다. 그리고 외국어대학을 지나가 보
니 왼편으로는 넓은 들판 옆에 널따란 늙은 소나무 숲이 있
었다. 그쪽 풍경이 무척 아름다웠다. 뒤에 안 일이지만 홍릉
으로 이어지는 소나무 숲이었다. 우리는 살 집을 구해야 하
는 일은 잊어버리고 그쪽의 아름다운 풍경에 끌리어 솔밭 옆
논두렁길을 따라 산책을 시작하였다.

가을 햇볕이 따스했고 솔밭 오른편으로는 넓은 논에 벼가
익어가고 있어 공기도 신선하였고 풍경도 무척 아름다웠다.
한참 아름다운 풍경을 즐기면서 솔밭 옆을 다 지나갔을 즈음
우리 앞 들판에는 알 수 없는 공사판이 벌어져 있었다. 넓은
들판에 일꾼들이 여기저기 땅을 파고 있는 모양새가 분명히
건물의 기초 공사를 하고 있는 것 같은데 어떤 무엇에 쓸 건
물을 지으려는 것인지 도무지 종잡을 수가 없었다. 우리는
그 크기를 헤아려 보면서 돼지 집을 지으려는 것 같다, 아니
다, 닭 집일 것이다, 혹은 소를 기를 집일 지도 모른다고 하
면서 다투었는데, 여기저기 떨어져 땅을 파고 있는 품이 동
물 축사도 아닌 것 같았다. 결국 일하는 이들에게 다가가 물

어보니 사람이 살 집을 지을 터를 닦고 있는 것이란다. 세상에 이렇게 작은 집이 어디 있느냐고 반문하니, 이것은 주택영단(지금의 주택공사의 전신)에서 짓는 9평짜리 집이라는 대답이었다. 우리는 세상에 9평짜리 집이 다 있느냐고 웃어넘기면서 그대로 산책만을 즐겼다. 그 공사장을 다 지나가자 바로 앞 들판 가운데 포장이 되지 않은 큰 길 위에 시내버스가 한 대 서 있었다. 우리는 어디 가는 버스인지 따져보지도 않고 시내 방향으로 머리를 두고 있으니 시내로 들어갈 것이라 생각하고 무조건 그 버스 위에 올라탔다. 그 버스는 조금 뒤 몇 사람의 승객을 태우고 출발하여 월곡동 솔밭을 뚫고 난 고갯길을 따라 달려서 서울대 상대 옆을 지나 고려대학 정문 앞을 거쳐 신설동으로 나오는 것이었다.

종로로 다시 돌아오자 아내는 내게 9평짜리 집은 신혼부부에게 딱 맞는 크기가 아니겠느냐고 하면서 다시 주택영단에 찾아가 확인해 보자는 것이었다. 마침 주택영단에는 오랫동안 근무해 오셨다는 아내의 이모뻘 되시는 분이 일하고 계셨다. 며칠 뒤 주택영단을 찾아가니 이모님은 우리를 반가이 맞아주며 그곳에 짓고 있는 공영주택에 대하여 자세히 설명해 주었다. 방 두 개와 작은 화장실 및 부엌이 붙은 9평짜리 건물의 도면을 보여주며 입주자를 공모할 예정 날짜와 공모

방법 및 완성 예정 날짜 등을 자세히 알려주었다. 집을 짓는 곳은 성북구 장위동이고 예정 가격은 대지 크기에 따라 다르지만 대략 6만 원 전후가 될 것이라 하였다. 집의 크기와 완공 날짜며 가격 등이 모두 우리 결혼 일정과 나의 경제 사정에 딱 들어맞았다. 우리는 그 자리에서 거리는 약간 먼 것 같지만 이는 셋방이 아니라 단독주택이며 우리에게 적합한 집이니 도전해보기로 결정하였다. 아마도 주택영단에서 지은 우리나라 최초의 공영주택이었던 것 같다.

얼마 뒤 일간 신문에 장위동 집짓는 현장에서 주택영단에서 짓는 공영주택의 입주자를 공모한다는 광고가 났다. 우리는 공모에 필요한 서류와 계약금 같은 것을 준비해 가지고 함께 장위동 현장으로 달려갔다. 현장에서는 주택영단 직원이 나와 맨땅 위에 작은 탁자를 놓고 앉아서 신청서를 받으면서 신청 순서대로 종이쪽지에 번호를 적어 한 장은 신청자에게 주고, 다른 한 장은 접어서 옆의 사과상자 안에 집어넣었다. 신청이 모두 끝난 뒤에 다시 사과상자를 내놓고 번호 쪽지를 뒤섞은 다음 주택영단 직원이 손을 넣어 집히는 대로 종이쪽지를 한 장씩 꺼내어 거기에 적힌 번호를 불렀다. 자기 번호가 나온 사람은 옆에 나무판대기를 세워놓고 붙여놓은 건설 현장 도면을 보고 마음에 드는 집을 골라 자기 이름을 그 밑에 써 넣으면 그것이 자기 집이 되는 것이었다. 운 좋게도 내 번호는 서너 번째에 나와 우리는 미리 골라둔 마음에 드는 집을 우리 것으로 맡을 수가 있었다. 그 집의 입주금은 6만 3천 원이었던 것으로 기억하고 있다.

결국 우리는 결혼을 하고 신혼여행 뒤 부모가 계신 고향집까지 돌아오면서 완전한 새집에 새살림 도구가 갖추어진 9평짜리 집으로 들어가 신혼살림을 시작하게 되었다. 주택영단에서는 이 집을 정확하게 우리의 결혼 날짜에 맞추어 완공하여 주었다. 이 작은 집에 어울리도록 살림 도구는 처가에서 모두 준비하여 깨끗이 갖추어져 있었다. 정말 하늘을 날 것 같은 기분이었다. 우리의 새집은 신혼여행 못지않은 흥분을 안겨주었다. 주변 사람들은 모두 우리가 신혼여행에서 돌아오면서 새집으로 들어가는 것을 보고 부잣집 아들딸인줄로 알았다. 집의 건평은 9평이지만 대지는 40여 평이었다. 방은 크고 작은 두 개가 있어 작은 쪽은 내 서재가 되고, 큰 쪽은 안방으로 우리의 신혼 방이 되었다. 대문을 열고 현관으로 들어오면 왼편으로 한 사람이 들어앉아 볼 일을 볼 수 있을 정도의 작은 수세식이 아닌 옛날식 화장실이 있고, 오른편으로는 한 사람이 들어가 밥을 짓고 설거지를 할 수 있는 간편한 조그만 부엌이 있었다. 살림 도구도 무척 간단하였다. 신혼 방에도 우리는 장롱을 거절하고 캐비닛 하나를 들여놓았다. 그러나 집이며 안팎의 그릇이나 살림 기구들이 모두 완전히 새것이어서 각별한 감흥을 주었다. 그래도 서재에는 보기에 낡고 지저분한 책들로 그득히 벽을 둘러싸고 있어서 특별한 정취를 느끼게 하였다. 이 집은 마치 우리의 신혼 생활을 위하여 주택영단에서 일부러 설계 건축하여 준 집인 것만 같았다.

나는 곧 시간 여유가 있을 때마다 주택단지 개발을 위하여 근처 산을 밀어내는 공사장으로 가서 잔디를 주어다 마당에 깔고 버려지는 진달래와 소나무 등을 가져다 심었다. 넝쿨장미를 구해다가 대문 위와 앞쪽 양편의 낮은 담 위에 올렸다. 그리하여 다음 해 봄이 되자, 직접 내 손으로 작지만 깜찍하게 아담하고 아름답게 꾸민 집의 정원도 이루어졌다. 안방에는 앞쪽으로 큰 미닫이문이 달려있어 방에 앉아 있어도 작은 잔디밭과 그 둘레에 심겨진 어여쁜 진달래와 소나무 등이 눈에 들어왔다. 이 신혼집에 찾아오는 사람들마다 모두 이처럼 비둘기집 같은 예쁜 집은 처음 보았다고 감탄하면서 부러워하였다. 이웃은 거의 모두 아이 하나둘 막 낳은 젊은 부부들이라 모두 쉽게 가까워졌다. 옆과 앞집이 모두 젊은 은행원들이었는데 모두 바로 친해졌다. 이웃 친구와 얘기할 일이 생기면 서로가 마당으로 나와 소리쳐 친구를 불러내어 얕은 담을 사이에 두고 각각 자기 집안에 서서 마주 보고 얘기를 나누었다. 소주라도 한 잔 마시자고 불러낼 적에도 그렇게 하였다. 집 밖으로 나가지 않고도 옆집 친구와 언제나 편리하게 얘기할 수가 있었다. 더욱이 아내는 이때 이 마을에서 많은 친구들을 사귀어 그때 사귄 이웃들과 지금까지도 내왕하고 있는 이들이 있다.

이 집값은 해마다 거의 배 이상으로 뛰어올랐다. 장위동이 개발됨에 따라 한 길로부터 가까운 이 지역의 땅값이 특히 많이 비싸졌다. 나는 아내 덕에 돈도 없으면서 심지어 양편 부모의 도움도 전혀 없이 셋방살이 하지 않고 처음부터 모든 사람들이 부러워하는 아름다운 보금자리 내 집에서 새 생활을 시작하였다. 그리고 이것은 내가 하고자 한 일과 우리 집의 경제를 발전시키는 일에도 크게 공헌하였다. 결국 우리가 둘이서 흰 종이 위에 그리기 시작한 그림은 처음 시작부터 무척 순조로웠다.

어느 날 퇴근을 하다가 친구를 만나 함께 종로 5가 근처에서 약대를 나온 그의 부인이 경영하고 있는 약방에 들린 일이 있다. 마침 약방 한 구석에 죽어가는 어린 강아지가 있기에 어떻게 된 거냐고 친구에게 물어보니, 우연히 개가 기르고 싶어서 진돗개 강아지를 한 마리 구해왔는데 병이 들어 죽어가고 있다는 것이다. 너는 교외에 살고 있어서 강아지가 죽더라도 처치하기 편리할 것이니 제발 네가 강아지를 갖고 가 달라는 부탁이었다. 나는 그 병든 강아지가 가엾기도 하여 그 강아지를 안고 집으로 돌아와 극진히 돌보아 주었다. 밤에 잠을 잘 적에도 내가 옆에 안고 잤다. 그 강아지는 몇일이 지나자 곧 되살아났다. 흰 진돗개 암컷이어서 이름을 흰둥이라 불렀다. 흰둥이는 무척 영리하였고 나를 무척 잘 따라주었다. 그리고 작은 우리 집을 철저히 지켜주는 귀염둥이가 되었다. 흰둥이 덕분에 우리는 마음대로 대문만 잠가놓고 집을 비워둔 채 외출을 하였다. 밤에도 흰둥이가 도적들이 접근도 하지 못하게 집을 잘 지켜주어 우리는 아무런 걱정 없이 살아갈 수가 있었다. 곧 우리에게 아들 녀석이 태어나자 이 흰둥이는 아들의 친구이면서 보호자도 되어주었다. 특히 흰둥이는 쥐를 고양이보다도 더 잘 잡았다. 뒤에 새집으로 이사를 가서는 그날로 쥐를 서너 마리나 잡아주었다. 덕분에 우리 집에는 쥐들이 얼씬도 못하였다. 새끼를 서너 배 낳으면서 우리의 안온한 생활을 여러 모로 도와주었고, 우리와 함께 장위동 생활을 여러 해 하다가 어느 날 갑자기 죽어 버렸다.

몇 년 뒤 우연히 시내버스 안에서 만난 친구의 도움으로 다시 한층 좋은 우리가 꿈꾸고 바라던 집으로 옮겨갈 수가 있게 된다. 시골 중학교 한 반에서 무척 가깝게 지내던 친구를 미아리 근처 시내버스 안에서 만났다. 오랜만에 만난 지라 손을 잡고 인사를 나눈 뒤 지금 무얼 하고 지내느냐고 물으니, 그 친구는 지금 집을 지어 파는 일을 하고 있는데, 현재는 정능 입구에 큰 회사가 새로 택지를 개발하는 곳이 있어서 거기에 땅을 사가지고 집을 짓고 있다고 하였다. 자기는 지금 공사장에 가는 중이니 내게 그다지 바쁘지 않으면 함께 가서 자기가 짓고 있는 집들을 구경한 뒤 점심이나 먹고 가라고 권하는 것이었다. 나는 중요한 일도 없었고 옛 우정에다가 그 친구가 짓고 있다는 집에 대한 호기심도 동하여 정능 입구에서 버스를 내려 그를 따라갔다. 정능 개울 건너 산비탈에 새로 개발한 넓은 택지에 이 친구는 커다란 이층집 두 개와 작은 10여 평짜리 집 등 세 채의 집을 짓고 있었다. 그 중 널따란 택지 한 모퉁이에 짓는 작은 집은 거의 완성 단계였고 무척 아담하게 느껴졌다. 나는 그 사이 아들을 하나 낳았고 책이 늘어나서 방이 세 개는 있는 좀 더 큰 집을 필요로 하고 있는 때였다. 그 집의 팔려는 가격을 물어보니 나의 장위동 집을 팔고 조금만 더 보태면 되는, 내가 살 수 있는 가능한 값의 집이었다. 그 자리에서 이 집 내가 살 것이니 내가 집을 팔아 돈을 들고 다시 찾아올 때까지 이 집 팔지 말고 기다려 달라고 부탁하였다. 내 친구는 흔쾌히 그러겠노라고 대답을 하였다. 나는 집으로 돌아와 아내와 의논한 뒤 바로 집을 팔았다. 아무래도 집을 파는 데 한 달은 더 걸렸던 것 같다. 집을 판 계약금을 받자마자 나는 그 돈을 들고 친구에게로 달려갔는데, 그 친구 대답은 나의 기대와 전혀 달랐다. 그 집은 이미 다른 사람에게 팔았고 자기는 지금 다시 장위동에 대형 택지가 조성되고 있어서 그곳에 땅을 사서 집을 짓기 시작했는데, 너의 집도 그곳에 잘 지어줄 것이니 걱정 말라는 것이었다. 네가 받은 계약금을 자기에게 주면 그 돈으로 그곳에 네 땅을 사서 더 좋은 집을 지어주겠다는 설명이었다. 나는 그의 말을 따르는 수밖에 없어서 계약금을 친구에게 맡기고 집으로 돌아왔다. 당장은 약속대로 되지 않아 약간 불안하기도 하였으나 친구를 믿고 의지하는 수밖에 다른 도리가 없었다.

며칠 뒤 그 친구가 불러 가보니, 장위동의 새로 개발한 택지로 나를 끌고 가서 이것이 네 땅이고, 여기에 이런 집을 지어 너에게 줄 것이라는 설명을 하며 집의 평면도까지 보여주었다. 그러나 대체로 땅값과 집 짓는 비용을 추산하여 보아도 우리 집을 판 돈으로는 겨우 택지 값이나 충당할 수 있을 정도였다. 내가 친구에게 경비문제를 걱정하자 그는 내 이름으로 된 땅 계약서를 보여주면서 이렇게 만든 것은 자기이니, 만약 손해를 보게 된다면 그건 네가 아니고 자기일 것이다. 너는 아무 걱정 말고 가서 학생들이나 잘 가르치라는 것이었다. 나는 그의 말에 따르는 수밖에 없었다. 그곳에 집 짓기가 시작되자, 나는 건축비도 제대로 대주지 못하면서도 이 집은 내 집이라 하여 우리 부부는 그 집을 짓는 현장에 자주 다니면서 집이 멋지게 완성될 때까지 여러 가지로 집 짓는 일에 개입까지 하며 즐겼다.

그 집을 짓는 사이에 그 땅값은 나날이 비싸졌다. 우리는 얼마 뒤 그 집이 완공되어 분에 넘치는 새집으로 이사를 갔는데 집을 지은 친구는 건축비를 계산해 주며 부족한 것은 두고두고 돈이 생길 때 갚아달라는 것이었다. 정말 고마웠다. 다행히도 그 친구가 그곳에 짓고 있는 다른 더 큰 집을 집이 완성되기도 전에 내가 잘 아는 분에게 소개하여 팔아줄 수 있어서 약간의 보답은 한 셈이었다.

그런데 이전에 장위동에 동리가 크게 어우러져 가면서 우리 부부가 자주 산 쪽으로 산책을 하던 중에 주택영단에서 지은 우리 집보다는 큰 집 하나를 발견하고는 저런 집에 살아보았으면 좋겠다고 하던 집이 있었다. 대지는 80여 평이었고, 건평은 15평의 집이 산 중턱의 넓은 길에서 산으로 올라가는 골목 길모퉁이에 2미터 정도 높이의 석축 위 네모난 땅 위에 지어져 있었다. 서북쪽은 낮은 산이고, 동남쪽은 완전히 탁 트여 멀리 월곡동 소나무 숲과 석관동 쪽 들판이 시원히 바라보였다. 서북쪽의 바람은 언덕이 막아주고 햇빛은 하루 종일 조금도 가려지는 일 없이 비치고 있었다. 그리고 그 집 마당은 잔디와 나무로 아름답게 가꾸어져 있고 붉은 장미꽃이며 푸른 나뭇가지가 낮은 담 너머로 늘어질 정도로 무성하였다. 우리 부부는 그 집 앞을 지날 때마다 어떻게 하면 이런 집을 사서 이러한 집에 살 수가 있을까 하고 우리의 꿈 얘기를 주고받았다.

아내는 새집에 이사를 간 뒤, 정원도 제대로 다 가꾸기 전에 나에게 집을 팔고 우리가 꿈꾸던 집을 사서 옮겨가자고 제의를 하였다. 그렇게 하면 친구에게 갚을 돈도 다 갚고 약간의 여유까지 생길 것이라는 것이다. 나는 물론 대찬성이었다. 다만 집을 사고파는 데에 나는 전혀 관여할 시간도 없고 관심도 별로 크지 않아 그런 일들은 모두 아내의 몫이었다. 오히려 집을 살 때 내가 옆에 있으면 자기가 흥정을 하는 데 방해가 된다고 아내는 나를 가까이 오지도 못하게 하였다.

따라서 아내 홀로 모든 일을 처리하고 나는 새로 산 집을 계약할 때에만 얼굴을 내밀었다. 그런데 얼마 뒤에 아내는 우리가 꿈꾸던 집을 마침내 사는데 성공하였다고 하였다. 아내는 그 집을 사게 된 복잡한 곡절을 나에게 설명해 주었지만 어떻든 그 집을 산 아내의 재주가 나로서는 신기하기만 하였다. 우리가 집을 지어준 친구에게 나머지 건축비를 청산하고 정말로 바라던 집으로 옮겨가는 것을 보고는 우리에게 집을 지어준 그 친구도 자기 일처럼 기뻐해 주었다.

우리는 다시 우리가 바라던 집으로 이사를 하였다. 안방과 서재에 앉아서도 작지만 아름다운 정원과 먼 산, 먼 들판의 아름다운 풍경이 눈에 들어온다. 우리는 별일이 없는 한 평생을 이 집에서 보내자고 약속하였다. 아이들이 늘어나면 서쪽으로 옆에 붙어있는 작은 집을 사서 함께 쓰거나 여유가 생기면 이 대지에 알맞게 다시 집을 지으면 된다고 생각하였다. 이 집으로 이사 간 뒤 내가 서재로 쓰던 문간방 앞에 동숭동 학교의 차상원 선생님 연구실 창 너머에 자라고 있던 대나무를 한 포기 얻어다 옮겨 심었는데, 곧 무성한 대숲을 이루어 서재의 창을 댓잎이 가려주었다. 그 대숲은 지나치게 무성해지고 뿌리가 너무 뻗어 걱정이 되는 형편이 되었다. 지나가던 사람들이 마당 좀 구경하고 가자고 대문을 두드리는 일도 몇 번 있었다.

그러나 1975년 서울대학이 관악으로 옮겨가면서 출퇴근이 불편하여 집을 옮기지 않으면 안 되었다. 우리가 살만한 집을 구하려고 관악 근처를 무수히 돌아다녀 보았으나 우리가 지닌 돈에 들어맞는 마음에 드는 집을 발견할 수가 없었다. 어느 날 우리 부부는 이사할 집을 찾아 관악 근처를 헤매다가 지친 몸으로 친구를 만나러 삼청동에 가게 되었다. 시간이 남기에 근처의 복덕방에 들어가 매매되는 삼청동의 집에 대하여 알아보니 마침 경기고등학교 후문 쪽에 좋은 한옥이 나와 있으니 보러 가자는 것이었다. 우리는 구경이나 해보자는 심산으로 복덕방 분을 뒤따라가 보니, 집은 우리에게 과분할 정도로 크고 좋은데 값이 비싸서 우리는 살 처지가 못 되는 집이었다. 그대로 돌아서는데 집주인이 왜 그냥 가느냐고 내게 다가와 물었다. 집은 무척 좋은데 돈이 부족하여 살 수가 없다고 대답하자, 그는 계약만 하면 집 소유권을 이전해 줄 것이니 부족한 돈은 이 집을 담보로 은행 대출을 받아보라고 권하였다. 고맙다는 인사만 하고 돌아왔는데, 아내는 우리가 돌아다닌 끝에 발견한 유일한 마음에 드는 집이니 내게 바로 내일 안국동의 은행지점장을 하고 있는 친구에게 가서 그 집을 담보로 하면 얼마나 돈을 빌릴 수 있는가 알아보라고 하였다. 나는 아내의 권고를 따라 움직이어 집주인의 큰 호의와 친구의 도움으로 얼마 뒤 그 집을 사서 이사할 수가 있었다. 인심이 야박하다는 지금 세상에도 옛 분과 같은 착한 집주인이 있었다는 사실만도 내게는 한동안 큰 자랑거리가 되어주었다.

처음 살아보는 전통 한옥, 그것도 그 주위에서는 위치도 가장 좋고 짓기도 가장 잘 지은 집이어서 마음이 흐뭇하였다. 일단 간단한 철 대문을 열고 들어가 다시 한옥 대문을 열고 들어가도록 되어 있고 집 마당 가운데에는 작은 연못도 있었다. 특히 널찍한 내 서재는 창만 열면 청와대로 들어가는 길과 총리공관 쪽이 내려다보이는 시원한 곳이라서 더욱 흡족하였다. 친구들도 찾아와서는 그 집에 사는 것을 부러워하였지만, 특히 우리나라를 찾아온 외국 친구들을 집으로 데려오면 다른 대접보다도 전통 한옥을 제대로 볼 수 있어서 정말 좋았다고 기뻐하고 고마워하였다.

그러나 겨울이 되자 큰 문제가 생겼다. 그때는 연탄을 때어 난방을 하였는데, 안방·건넌방·서재·욕실 및 행낭 채의 두 방을 덥히자면 매일 10여 개의 연탄을 갈아주어야 하는데, 가끔 내가 도와주어도 아내는 힘에 부쳐 안 되겠다고 하였다. 결국 만 1년도 그 집에 살지 못하고 집을 팔고는 동부이촌동 현대건설이 지은 새 아파트로 이사하였다. 그 한옥은 내가 이사하기 전부터 그 집을 갖고 싶어 하던 경제적인 여유가 있는 내가 잘 아는 분이 있어서 쉽사리 뜻대로 처분할 수가 있었다.

여기에서부터 우리의 아파트 생활이 시작된다. 나는 동부이촌동의 생활이 만족스러워 더 이상 다른 생각을 하지 않았다. 마침 내가 사는 아파트 앞에는 테니스 코트가 있어서 동리의 테니스를 하는 친구들과도 잘 어울리어 여가를 재미있게 보낼 수가 있었고, 또 근처에 사는 동료와 친구들도 적지 않았다. 그리고 앞쪽에는 한강이 흐르고 강물과 아파트 사이에는 넓은 길이 닦이어 있었으나 지금과는 달리 차도 전혀 다니지 않는 넓은 공간이어서 아이들을 데리고 산책을 하거나 아내와 함께 자전거를 타기도 무척 좋은 곳이었다. 우리 부부는 그곳에서 틈만 나면 함께 자전거 타기를 즐겼다. 지금도 산책을 나가 공원에서 자전거를 타는 사람들을 보면 우리 부부는 늘 동부이촌동에 살던 그 시절을 회상한다. 그러나 아내는 거기에서도 만족하지 않고 내가 반대하고 있음에도 불구하고 늘 기회만 있으면 보다 큰 아파트로 옮겨가려 하고 있었다.

나는 아무런 딴생각 없이 만족하고 살아갔으나 아내는 계속 좀 더 넓은 아파트로 옮겨가려고 좋다고 생각되는 곳에 새로 지어 살 사람을 공모하는 곳이 있으면 언제나 응모를 하였다. 아내가 이사를 제의하면 나는 언제나 반대였기 때문에 곧 아내는 나와 집을 옮기는 일에 관하여 별로 상의도 하지 않게 되었다. 그 결과 아파트를 30평대에서 40평 50평대로 늘이면서 두 번이나 새 아파트로 이사한 끝에 1986년 아시안 올림픽이 끝난 뒤에는 잠실의 아시아선수촌 아파트로 이사하게 되었다.

집 문제에 있어서 늘 우리에게 걸리는 것은 서재였다. 학교의 연구실은 크기가 일정하고 이미 가득 찼는데 책은 한시도 쉬지 않고 자꾸만 늘어가서 우리 집의 내 주위에는 지저분한 책들이 늘 쌓여 있어서 깨끗이 정리할 수가 없었다. 새 아파트로 이사를 해도 내 방에서 넘쳐나는 헌 책들이 집안을 늘 어수선하게 만든다. 따라서 아내가 마련한 새로 더 넓어진 아파트에 가보면 무엇보다도 서재가 넓어져 있어서 가장 편리함을 느끼는 것은 나였기 때문에 나는 좋아하지 않을 수가 없었다. 따라서 늘 이사를 가기만 하면 다시는 이사 가지 않을 거라고 떼를 썼던 일도 잊고 나는 뻔뻔스럽게도 새 아파트를 좋아하면서 가장 만족을 느끼며 살아왔다. 이제껏 우리 아파트를 여러 번 옮기는 과정 중에 나는 언제나 이사하는 것을 반대하여 왔지만, 일단 이사를 하고 난 뒤에는 한 번도 불만을 느껴본 일이 없다. 오히려 가족 중에 내가 가장 이사에 만족을 느꼈을 것이다.

그런데 잠실의 아파트는 이전에 내가 상상하던 아파트와 또 달랐다. 아파트 앞쪽으로는 상가와 함께 아파트의 정원과 양편에 나무가 잔뜩 심겨진 길들과 함께 다른 동의 아파트들이 저쪽으로 보이고, 뒤편으로는 잠실 종합운동장과 야구장 및 한강이 내다보였다. 그리고 아파트를 나서면 앞에는 바로 아름다운 공원이 꾸며져 있고, 그 공원을 가로질러 가면 지하철역이 있다. 그리고 여유시간이 있을 적에는 산책이나 조깅을 하며 공원 숲 속을 즐길 수가 있었고, 약간 늦게 어두워져 귀가를 하다가 하늘을 올려다보면 서울에선 보기 힘든 별들이 반짝이고 있어 마음에 기쁨을 안겨줄 적도 많았다. 1988년 세계 올림픽대회가 개최되었을 적에는 우리나라에 와서 국제학술회의에 참가한 타이완 학자들이 6, 7명이나 우리 집에 와서 종합운동장에서 진행되고 있는 올림픽 행사를 내려다보면서 아이들처럼 기뻐한 일도 있었다.

1999년 정년퇴직을 하자, 곧 아내는 시내에 살 것 없이 교외로 이사를 가자고 제의를 해 왔다. 나는 절대로 살고 있는 이 아파트로부터 옮겨가지 않겠노라고 단호히 거절하며 버티었다. 그러나 그 사이 분당 새 시가지를 건설하고 입주자를 공모할 적에도 아내는 두세 번이나 공모에 응했던 것으로 알고 있다. 아내는 공모에서 떨어진 다음에야 내게 아쉽다면서 얘기를 해 주었지만 나는 늘 잘 된 일인데 무슨 쓸데없는 걱정이냐고 초연하였다. 그러나 아내와 가까운 분들이 여러 사람 이미 분당으로 이사하여 살고 있어서 아내는 분당을 자주 들락거리면서 계속 분당으로 이사할 계획을 진행시키고 있었다. 나도 몇 차례 분당에 가본 일이 있으나 전혀 그곳으로 이사하여 살고 싶도록 마음을 끌지는 못하였다. 분당 이사를 반대한 다른 한 가지 이유는 분당에서 서울 출입을 자주 하다보면 자동차 연료비도 너무 많이 들고 시간 낭비도 적지 않을 것이라는 때문이었다.

하루는 아내가 이사는 안 해도 좋으니 자신이 분당에 골라 놓은 곳을 한 번 가보기라도 하자고 요청해 왔다. 분당으로 이사하면 내 자동차 연료비도 모두 자기가 부담하겠노라고 당근을 던져주기도 하였다. 아내는 그때에 던져준 당근 때문에 지금도 내 차의 연료비를 모두 부담하고 있다. 처의 바람이 하도 간곡하여 구경도 안하겠다고 마구 버틸 수가 없어서 처를 따라 분당으로 갔다. 아내가 나를 데리고 간 곳은 지금 내가 살고 있는 샛별마을이란 동리이다. 가서 보니 아파트

바로 옆이 공원이고, 그 공원은 왼편으로는 커다란 중앙공
원, 오른편으로는 불곡산이라는 산으로 이어지고 있는데, 전
혀 찻길에 의하여 끊이지 않고 연결되어 있다. 나는 내가 좋
아하지 않을 수가 없는 이런 위치의 아파트를 찾아낸 아내에
대하여 크게 속으로 감탄하는 수밖에 없었다. 또 그 마을에
는 잠실의 아파트에서 같은 층에 대문을 마주 대하고 10년
정도 형제보다도 더 가까이 우리와 함께 살아온 부부가 분당
으로 이사 왔다가 다시 그곳으로 옮겨와 있어 그분들과의 만
남도 무척 반가웠다. 나는 이제껏 죽어도 이사 가지 않겠노
라고 강력히 버티어 온 터이라 체면상 마음의 변화를 바로
드러낼 수가 없었다. 그러나 결국은 며칠 못가서 처 앞에 나
는 모르겠으니 마음대로 하라고 백기를 흔들고 말았다.

2000년 봄 분당 샛별마을의 아파트로 이사를 왔다. 이곳
으로 이사를 와 보니 아파트도 매우 맘에 들고 주변의 자연
환경도 좋아서 이전보다도 자주 산책이며 간단한 등산을 즐
기게 된다. 가까이 공원 옆에 테니스코트도 있어 가끔 테니
스도 즐긴다. 그리고 정년퇴직한 많은 사람들이 이곳으로 이
사를 나와 많은 동료들을 만나게 되고, 전에는 만나지 못하
던 소학교 동창, 중학교 동창들도 만나게 되었다. 고등학교
시절의 가장 내가 존경하는 은사도 멀지 않은 곳에 살고 계

시어 자주 뵙게 되었다. 전부터 가까이 지내던 친지들도 다른 어느 곳보다도 많다. 또 어머니가 고향 충주에 계시어 가끔 가게 되는데 고향 왕복 시간이 서울 시내로부터 출발하는 것보다 훨씬 단축되고 편리해졌다. 공기도 맑고 주변이 조용하다. 요새 같은 겨울이면 우리 집 안방에서 막 자고 일어나 앉은 채로 베란다 저편 산등성이 위로 솟아오르는 둥글고 화사한 해를 맞이하게 된다. 이런 곳을 찾아낸 아내의 노력이 존경스럽게 느껴진다. 그리고 이것은 바로 하나님의 축복임을 절감한다.

이런 곳에서 둘이 손잡고 그림을 그리는데 좋은 그림이 이루어지지 않을 수가 있겠는가?

4
할머니의 추억

나는 1934년 1월 3일(음력 癸酉년 11월 18일) 5
대 독자인 경주 김씨 집안의 맏아들로 태어났다. 출생지는
충북 충주시 목행리(牧杏里) 662번지. 이 동리는 목수 · 행
정 · 미륵의 세 마을로 이루어진 100여 호나 되는 비교적 큰
동리이다. 그 중 행정이란 우리가 살던 마을이 가장 크고 이
동리의 중심을 이루고 있다. 행정과 미륵에는 충주 최씨들이
많이 모여 사는 집성촌이고, 목수에는 파평 윤씨들이 많이
살고 있었다. 내가 태어나던 해(음력)에는 우리 마을에 아들
이 하나도 태어나지 않아 5대 독자인 우리 집안에서는 임신

을 하고 계신 어머니를 보면서도 역시 딸을 낳지 않을까 크게 긴장하고 있었다 한다. 그래도 할머니는 사내놈을 점지해 주십사고 온갖 정성을 다해 오셨다 한다. 그리고 할머니께서는 내가 태어난 시기가 한겨울 동짓달임에도 불구하고 찬물로 목욕재계하시고 어머니의 산바라지를 하시어 아들인 나를 얻으셨다 한다.

할머니께서는 나의 출생을 위하여 어머니가 나를 임신하기 이전부터 무척 정성을 들여왔기 때문에 나를 굉장히 아끼셨다. 동리 부인들이 나를 안아보고자 할 적에는 반드시 먼저 손을 씻고 오라는 분부를 내리셨다 한다. 아버지나 어머니도 자식인 나를 마음대로 다루지 못하였다. 더구나 나는 만 4세 이전 고추를 내놓고 다니던 시절에 정식으로 가르친 사람도 없는데 일본 책을 줄줄 읽는 재기를 발휘하여 할머니는 내가 이 세상에서 가장 높은 지위의 사람이 될 것이라는 신념을 갖고 계셨다. 할머니는 나를 안고 다니면서 사람들에게 우리 집 총독 감이라 자랑하셨다. 그때는 일본 지배 시대라서 우리나라에서 가장 높은 지위의 사람이 조선총독부의 총독이라고 생각되었기 때문일 것이다.

할머니는 나를 튼튼히 키우려고 인삼을 많이 먹이셨다. 인삼을 작은 뚝배기에 달여놓고 나에게 먹이려고 하시면 나는 우선 도망을 쳤다. 그러면 틀림없이 할머니는 한편에 엿이나 과자나 떡을 마련해 놓고 나에게 인삼을 먹으라고 유혹하셨다. 나는 인삼보다도 엿이나 과자를 얻어먹는 재미에 인삼은 맛이 없었지만 더 이상 버티지 못하고 주시는 대로 인삼 다린 것을 마시고 먹고 하였다. 그 덕분에 지금까지도 나는 비교적 건강한 몸을 잘 유지해 오고 있다고 여겨지기도 한다.

우리 동리는 충주시 변두리 남한 강가여서 충주 시내까지의 거리는 대략 4km가 넘는다. 그러나 당시의 읍내에는 신기한 것들이 많아서 할머니를 따라 읍내를 갔다 온 일들이 기억에 여러 가지가 남아있다. 읍내에 가서 서커스 구경을 한 일, 할머니가 장터에 데리고 가 엿 같은 것을 사주시던 일, 읍내를 갔다 오다 어떤 동리 어른 자전거 뒷자리에 나를 태웠다가, 내가 약간 다치는 바람에 할머니가 무척 당황하시던 일 등이 잊혀지지 않는다. 그 밖에 할머니를 따라 친척 집과 시골 다른 동리에 놀러갔던 일 등도 희미하지만 기억 속에 남아있다. 그리고 내게는 할머니가 정해놓은 수양어머니가 두어 분 계셔서 그분들을 만났던 기억도 남아있다. 아마도 그분들은 무당이었을 것 같고, 나의 출생을 기도드리는 과정에 맺어진 인연이었을 것이다.

한 번은 내가 집에서 잠깐 사이 없어져 찾게 되었는데 할머니께서 곧장 우리 집 앞쪽에 있던 물웅덩이로 달려 나가시어 그 웅덩이에 빠져있는 나를 구출해 오셨다 한다. 어머니는 그 얘기를 전하시며 할머니는 무언가 나와의 정신적인 연계를 갖고 계셨던 것이 분명하다고 하셨다. 그렇지 않다면 내가 눈앞에 없다고 해도 어떻게 바로 내가 물에 빠져있는 그곳으로 달려 나가 나를 구해오실 수가 있었겠느냐는 것이다.

그런 할머니께서 내가 만 5세가 되는 해(1939년) 음력 5월에 돌아가셨다. 할머니는 돌아가시기 전에 1년 가까이 누워 계셨고, 병명은 알 수 없지만 배에 복수가 차서 의사를 읍내(옛날에는 충주 읍이었음)로부터 불러와 할머니의 복수를 뽑아내던 일을 기억하고 있다. 할머니께서 아직도 내가 어린 시절 돌아가셨지만 할머니에 관한 옛날 일들이 내 가슴속에는 여러 가지가 남아있다. 나는 어려운 중에도 할머니의 정성 덕분에 지금까지 아무 탈 없이 잘 지내게 된 것이라 여겨진다.

할머니가 돌아가시자 나는 처지가 급전하여 갑자기 개밥의 도토리 같은 꼴이 되었다. 우선 나의 아버지는 5대 독자로 자라났기 때문에 자식이나 가족도 안중에 없이 자기 위주의 생활을 하시는 분이었다. 할머니가 돌아가신지 얼마 되지 않아 아버지에게 뽕나무 회초리로 매를 맞았는데, 내 기억으로는 나는 전혀 잘못한 일이 없는데 아버지는 순전히 자기감정으로 내게 매질을 한 것이다. 그때 매를 높이 쳐들고 무자비하게 나를 내려치던 아버지의 일그러진 얼굴 모습이 마치 악인의 모습처럼 내 뇌리에 박히어 일찍부터 나는 별로 아버지를 좋아하지 않았다. 게다가 아버지는 할머니께서 돌아가신 뒤로는 집안일도 별로 돌보지 않고 건강도 좋지 않은 노령의 할아버지가 계신데도 계속 여자를 바꿔가며 작은 부인을 거느리고 밖으로 나가 따로 생활을 하여 어머니 눈에 눈물이 마를 날이 없게 하였기 때문에 아버지는 내 나이가 들수록 더욱 미운 대상으로 발전하였다. 어릴 적부터 내가 아버지를 좋아하지 않았기 때문에 아버지도 따라서 나를 별로 좋아하시지 않았다.

할머니는 나뿐만이 아니라 나를 낳으신 어머니까지도 극진히 위하시어 할머니가 돌아가셨을 적에 어머니는 친정의 친어머니가 돌아가셨을 때보다도 더 슬펐고, 더 많이 우셨다고 한다. 나의 할머니와 어머니는 서로 아껴주고 위해주어 보통 세상에서 말하는 고부관계와는 전혀 다른 모습이었다. 아버지뿐만이 아니라 몸이 불편하신 할아버지도 역시 외아들 성격 때문인지 몰라도 자기 자신밖에 모르시는 분 같았다고 기억하고 있다. 나는 불편한 할아버지를 위하여 많은 심부름을 자진하여 해드렸는데 별로 그 할아버지의 사랑은 받아보지 못한 것 같다. 때문에 어머니에게도 할아버지는 계속 부담이셨고, 할머니를 무척 의지하고 계셨을 터인데 그 할머니가 일찍 돌아가신 것이다. 할아버지는 한학을 하시어 집안에는 한문책이 몇 가지 있었다. 그 중 손으로 베껴 쓴『역경(易經)』한 권이 지금까지도 내게 보존되고 있다.

지금도 어머니를 비롯하여 나와 가까운 분들 중에는 내가 험난한 세상 어려운 여건 속에서도 비교적 무난히 자기 뜻대로 잘 살아올 수 있었던 것은 할머니의 정성으로 말미암은 하나님의 가호 덕분이라 말하는 분들이 계시다. 할머니는 돌아가신 뒤 음성에 있는 우리 집안의 선산 기슭에 묻히셨다. 그런데 얼마 안 되어 그 묏자리가 명당이라는 소문이 나서 집안사람들이(아버지가 5대 독자임으로 모두 10여 촌이 넘는 분들임) 앞을 다투듯이 자기 선조들의 묘를 할머니 묘 가까이로 옮겨왔다. 정말 명당일까? 풍수를 믿는다면 할머니는 돌아가신 뒤에도 나를 돌보아주고 계신 것이 분명하다.

5
어머니의 반지

　　60의 나이가 되면서 내 왼손에는 한 돈쯤의 금반지가 언제나 끼어있게 되었다. 잠을 잘 때나 목욕을 할 적에도 이 반지만은 손가락에서 빼어놓는 법이 없다. 전에는 없던 금반지를 내 손에서 발견한 가까운 사람들이 여러 번 어디에서 난 반지인가 물어온 일이 있다. 그때마다 늘 우리 어머니가 주신 거라고만 간단히 대답하였다. 이제는 이 반지를 받은 지도 10년이 넘었으니 사실대로 내 반지의 유래를 밝혀도 괜찮겠다고 생각되어 이 글을 쓴다.

　　나는 회갑을 맞았을 때 집안의 가족끼리 간단히 집에서 생일잔치를 하였다. 아침 식사가 끝난 뒤 시골에서 올라오신 어머니가 내게로 다가와 내 손을 잡아끌더니 작은 금반지를 하나 꺼내어 내 손가락에 끼어주시면서 말씀하셨다.

"이 반지는 내가 평생 가장 많이 끼고 지내던 반지를 다시 금방에 가져가 손질한 것이다. 그리고 어젯밤에 이 반지를 앞에 놓고 하나님께 간절히 기도드렸다. '저는 이제 살만큼 살았고 더 살아보아야 할 일도 별로 없는 처지입니다. 제 남은 수명과 건강이 있다면 그것을 모두 이 반지를 전하는 내 큰아들에게 회갑 기념으로 전하여 주십시오. 그 아이는 아직도 세상을 위하여 일할 것이 많이 남아있습니다.' 하고. 하나님도 이 기도를 들어주실 것으로 믿는다. 앞으로 이 반지를 한시도 몸에서 떼어놓지 말고 이 기도 생각하면서 더 건강히 일 많이 하면서 열심히 살아가라."

가슴이 저려오는 것 같은 감동을 느꼈다. 정말 뜻밖의 일이었다. 늘 어머니는 나에게 무관심한 분이라고만 생각하여 왔는데 놀라운 일이었다. 나는 교회에 나가면서도 평소에 남이나 세상을 위한 기도는 가끔 드리지만 나 자신을 위하여 기도하는 적은 거의 없는 신자이다. 우리 하나님은 전지전능하시기 때문에 말로 기도드리지 않아도 내 뜻과 나의 행동을 언제나 다 알고 계시다고 믿고 있기 때문이다. 따라서 나는 평소 내 생활의 일거일동이 모두가 나의 기도라고 믿고 있다. 나의 일상적인 행동 여하에 따라서 하나님은 모든 것을 아시고 거기에 알맞게 내게 모든 것을 내려주신다고 생각하고 있는 것이다. 잘못하면 벌을 내리시고 잘하면 상을 내리실 거라는 것이다. 그러나 이때만은 가만히 앉아 있을 수가 없었다. 바로 내 방으로 들어가 어머니의 반지를 낀 채 하나님께 간절히 기도드렸다.

"하나님! 저의 어머니 수와 건강, 조금도 제게로 옮기거나 줄이지 마시고 더 건강히 오래 사시도록 은총 베풀어주십시오! 저는 허락하시는 대로 살면서 열심히 일하겠습니다! 그리고 이제껏 어머니께 끼쳐 온 저의 불효가 매우 크다고 여겨집니다. 저의 어리석음 용서하여 주시옵소서! 이처럼 나이 먹도록 어머니의 큰 뜻과 큰 사랑 전혀 모르고 지내왔습니다. 특히 어머니에 대한 불효 용서하여 주십시오!"

내가 회갑을 지낸 지 지금은 10년이 넘도록 잘 지내고 있고 어머니도 지금까지 건강히 잘 계시니 하나님께서는 내 기도를 들어주신 것으로 믿어도 될 것 같다. 나는 이 반지를 자나 깨나 한시라도 빼어놓는 일이 없다. 그리고 어머니가 주신 '네가 맡은 일을 위하여 죽는 날까지 성의를 다하라' 는 사명을 반드시 지키겠노라고 반지를 보면서 늘 다짐하고 있다.

나는 부끄러운 얘기지만 부모님과는 별로 정을 느끼지 못하고 살아왔다. 아버지는 가정이나 자식들에 대한 책임의식이 전혀 없었던 것 같다. 아버지는 특유의 바람기를 발휘하여 할머니가 돌아가신 뒤로는 언제나 땅을 팔아 노자를 삼은 위에 다른 여인을 하나 데리고 여기저기 방랑을 하였다. 돈이 떨어지면 돌아와 얼마 동안 집에서 지내다가 다시 땅을 팔아 돈을 마련한 뒤 다른 여인을 데리고 다시 집을 나갔다. 이북 지역에 가장 오래 가 계셨고, 만주에 가 계신 적도 있다. 그 바람기는 1983년 돌아가실 때까지 계속되었다.

　그 사이 어머니는 홀로 몸이 불편하신 할아버지 수발까지 드시며 내 밑으로 태어난 남동생과 두 여동생을 포함하는 식솔과 집안일을 돌보느라 늘 땀과 눈물로 세월을 보내셨다. 어머니는 엄한 외할아버지 때문에 이혼을 하고 싶어도 이혼을 하지 못하였을 것이다. 나는 지금도 비 오는 날 방에서 또는 자동차를 운전하면서 유리창에 떨어지는 빗방울을 보면 가장 먼저 떠올리는 것이 어머니의 눈물이다. 그럴 정도로 나는 늘 어머니가 흘리는 눈물을 보면서 자라왔다.

　어머니는 집안일과 당신 자신의 일을 처리하기에도 여념이 없었던 때문인지 자식들에게도 별 정을 보여주시지 않았다. 모든 일을 차갑게 느껴질 만큼 냉철하게 처리하셨다. 그 때문인지 내 동생들은 부모와의 정이 나보다도 더 없는 것 같다. 자식들 교육에도 별 관심이 없었기 때문에 운이 좋지 않았다면 나는 소학교와 중·고등학교 과정도 다 마치지 못했을 것이다. 어떻든 나는 행운과 남들의 도움으로 계속 어려운 고비를 잘 넘기고 대학을 거쳐 대학원 및 외국유학까지도 잘 마칠 수가 있었다. 나의 부모님들은 내가 먼 객지로 떠나가거나 군에 입대할 때, 심지어 외국을 나갈 적에도 한 번도 제대로 전송을 해주신 적이 없다.

따라서 아버지는 돌아가시기 3, 4년 전 무렵까지도 나에게는 미움의 대상이었고, 어머니에게는 냉철하게 가족과 집안을 유지해 오신 굳건함에 경의를 표하면서도 다른 사람들 같은 어머니의 따스한 사랑 같은 것은 느끼지 못하고 있었다. 아버지는 할머니가 돌아가신 뒤로는 줄곧 작은 부인을 데리고 만주와 함경도 등지에 나가 지내고 있었으나, 세계 제2차 대전이 끝나기 직전에 할아버지가 위독하시다는 거짓 전보를 쳐서 고향으로 불러들이어 해방을 고향에서 맞이하셨다. 그러나 고향에 돌아와서도 곧 다시 작은 부인을 구하여 바람을 피우는 생활을 계속 이어갔다. 따라서 나와 우리 부모 사이의 접촉은 대개의 경우 의무적, 사무적인 관계에서 그치고 있었다.

그래도 다행히 아내가 시부모님들을 잘 모셔주어 나는 겨우 불효자라는 말을 남들로부터 듣지 않게 되었던 것 같다. 실상 우리 부모님들은 내가 결혼을 해도 며느리인 아내에게 옷 한 벌 해주지 않았다. 그리고 나는 별로 많지 않은 시골 땅이지만 부모의 유산을 하나도 받지 않았다. 심지어 부모님들이 사시던 집까지도 동생에게 주었다. 그런데도 아내는 조금도 그런 나의 처신에 대하여 내색도 하지 않고 시부모님들에게도 언제나 바르게 대하였다. 때문에 아버지와 어머니는 서울에 올라오실 적에도 내가 아니라 아내를 보러 오시는 것처럼 되었고, 집안일이 생겨도 모두 아내와 의논을 하셨다. 내 동생들도 집안의 모든 일을 아내에게 연락을 하여 해결하게 되었다.

그런 중에 이 반지를 어머니에게서 받은 것이다. 그 뒤로도 어머니는 내게 다정한 태도를 보이거나 다정한 말을 건네는 일이 없다. 어머니의 성격이 그렇게 변하여 굳어져 버리신 것 같아 안타깝기만 하다. 우리 집에 오셨다가는 며칠 지나기도 전에 이런 아파트에선 못살겠다고 하시며, 더 묵다가 가시라는 며느리의 만류도 뿌리치고 시골집으로 가신다. 며느리는 어머니의 성격을 알 만큼 경험하고도 지금까지 언제나 냉담한 시어머니 태도에 불만을 가끔 내보인다.

그러한 어머니께서 그처럼 간절한 기도가 담긴 반지를 내 회갑을 기념하기 위하여 내게 주신 것이다. 그 뒤로는 나 스스로 어머니의 참된 마음을 조금도 이해하지 못하고 있었다고 거듭 자책을 하면서, 지금이라도 다정한 모자관계가 될 수 있도록 노력해야 한다고 다짐을 해 본다. 그러나 지금까지도 나를 대하는 어머니의 태도나 내게 건네는 말씀은 언제나 차다. 아내 때문에 남들로부터 불효자라는 말을 듣지 않고 있을 따름이다. 차가워 보이는 겉모습 속에 뜨거운 진실이 담겨있는 것일까? 나는 끝내 우리 어머니의 참된 마음이나 진실한 사랑은 올바로 이해하지 못한 채 제대로 보답도 하지 못하고 말 것만 같다. 나를 보호해 주는 어머니의 진실한 기도가 실린 이 반지를 손가락에 언제나 끼고 있으면서도 그 모양이다.

2009년 1월 17일

6
내 부모님과 아내

우리 집은 아버지 대에 이르기까지 5대 독자 집안이다. 독자들의 일반적인 특징은 집안에서는 모두가 그를 위해 바치어 자기 자신밖에 모른다는 것이다. 전혀 자기 이외의 가족을 배려하지 않는다. 우리 아버지가 그러하였고 할아버지도 그러하셨다. 따라서 부모나 처자들도 제대로 돌보지 않고 자기가 하고 싶은 대로 살아가게 된다. 물론 이것은 모든 독자들이 절대적으로 그러하다는 것은 아니다. 다만 그런 성향이 많을 것이라는 개인적인 추론을 근거로 한 말이다.

아버지는 할머니가 돌아가신 뒤로 내가 몇 명인지 기억할수 없을 정도로 계속 사람을 바꿔가며 작은 부인을 두었고 대부분의 날짜를 외지에 나가 보내셨다. 함경남도 쪽에 가장 오래 가 계셨고, 한 번은 만주 여행을 하다가 병이 났는데 함께 데리고 갔던 여자 덕분에 죽지 않았다고 하면서 한 여인을 집에까지 데리고 온 일도 있었다. 대체로 돈이 떨어지면 집으로 돌아와 자금이 마련되면 다시 나갔고, 혹 고향에서 마음에 드는 여자를 만나게 되면 그 여인과 함께 하는 동안 고향에 계신 셈이다. 따라서 어머니는 눈물로 나날을 보내면서도 늙고 병드신 시아버지와 자식들을 먹여 살리며 집안을 유지하였다. 외할아버지가 엄격하시어 언제나 남편을 하늘처럼 받들라고 엄명을 내리고 계셨기 때문이다.

나는 5대 독신 집안의 맏아들로 태어났기 때문에 할머니는 나에게 온 정성을 다 기울이셨다. 내 생일은 음력 11월 18일(양력 1월 3일)인데, 할머니는 한겨울임에도 찬 샘물로 목욕재계를 하고서 어머니의 해산구완을 하셨다고 한다. 할머니는 어머니도 극진히 위하시어 어머니는 할머니가 돌아가셨을 적에는 친어머니가 돌아가셨을 적보다도 더 슬펐다고 하였다. 아버지도 할머니에게는 무척 종순하여 어머니는 할머니가 생존해 계셨던 동안만은 무척 행복하였다고 하셨다.

그런 할머니가 내가 5살 되던 해에 돌아가셨는데, 아버지는 할머니가 돌아가신 뒤 얼마 되지 않아 나에게 매질을 하였다. 지금까지도 내 잘못은 생각나지 않고 아버지가 까닭도 없이 나를 매로 치던 험상궂은 인상만이 내게는 지금까지도 남아있다. 게다가 늘 어머니 눈에 눈물이 마를 사이가 없게 하고 할아버지와 가족조차도 돌보지 않으시니 어린아이라 하더라도 그런 아버지를 좋아할 수가 없었을 것이다.

어머니는 엄격하신 외할아버지 뜻을 따라 수모와 고생을 참아가며 집안 생활을 지탱하였다. 지금 여자들로서는 상상도 못할 일이다. 할아버지는 세계 제2차 대전이 끝나기 조금 전에 돌아가셨는데, 다행히도 그 전에 할아버지 병환이 위독해지자 아버지에게 할아버지가 돌아가셨다고 거짓 전보를 쳐서 아버지는 미리 집으로 돌아오시게 되었다. 그 덕분에 아버지는 해방 후 38선 이북에 잔류하지도 않게 되었고, 할아버지 임종도 하고 장례도 제대로 치를 수가 있었다. 어머니는 할머니가 돌아가신 뒤로부터 홀로 몸이 불편한 할아버지와 자식들을 돌보며 집안을 유지하느라 여념이 없어서 역시 자식들에게 애정을 기울일 여유가 없으셨던 것 같다. 나보다도 내 동생들은 아버지나 어머니에 대하여 더 정이 먼 것만 같다. 나는 남들이 별로 집을 멀리 떠나는 일이 많지 않던 1950년대 초에 집을 떠나 부산이나 서울에 갔었고, 군에 입대도 하고 외국 유학도 떠났으나 한 번도 부모로부터 "잘 갔다 오라"는 다정한 전송의 말을 들어본 적이 없는 것 같다. 심지어 6·25 때 나는 발 부상으로 시내의 인민군 병원에 여러 날 입원한 일이 있는데, 공습경보가 울리면 의사와 간호사들까지도 모두 지하의 방공호로 대피를 하고 나 홀로 발을 다쳐 움직일 수가 없어서 이층 병실의 병상에 누워있던 일도 있다. 이 병원에도 오히려 고모님들은 며칠씩 와서 내 병상을 지켜 주었으나 어머니는 다녀가신 일도 없었다. 이 얘기를 듣고는 아내조차도 "당신 부모는 정말 이해 못할 분들이다."는 탄식을 발하였다.

아버지는 부르주아나 지주도 아니었는데 무슨 까닭이었는지 모르지만 6·25 때 북쪽에서 내려온 인민군에게 잡히어 가서 충주 읍내 내무서에 갇히어 있었다. 우연히도 내가 입원하고 있던 병원과 아버지가 잡히어 있던 내무서는 무척 가까운 거리에 있었으나 우리 부자는 서로 어떻게 지내고 있는지 소식조차 알지 못하고 따로 어려움을 겪으면서 지냈다. 아버지는 이때 심한 전기고문을 당하여 반신불수가 되어 나오셨다. 아버지는 집으로 돌아오신 뒤 밖의 출입도 제대로 못할 정도로 몸이 불편하셨으나 병원에서는 치료할 방법을 몰랐다. 심한 전기 고문으로 몸의 여러 부위가 무척 파괴되었던 것 같다. 충주 비료공장을 건설할 적에 마침 미국 의사들이 자기네 기술자들의 건강을 돌보기 위하여 파견되어 있어서 아버지는 잘 아는 이의 주선으로 미국 의사들의 진료도 받은 일이 있다. 미국 의사들은 자기들이 아버지의 불편한 원인을 판단할 수가 없자 조사한 자료를 본국으로 보내어 미국 내의 저명한 의사들에게 자문을 구했으나 미국에서도 몸 전체가 왜 어떻게 무너진 것인지 알 수 없고 치료를 할 방법도 알 수가 없다는 회신이었다. 주변 사람들 모두가 몸을 보양해 드리는 길 밖에 없다고 하여 아버지의 보신을 해드리는데 온 가족이 힘을 기울이었다. 시골 사방의 지인들로부터 보신에 특효가 있다면서 지네와 독사를 비롯하여 여러 가지 약초 등이 보내어져 왔는데 이것들을 불을 피우고 달이어 아버지께 드시도록 하는 것은 모두 내 일이었다.

이렇게 몇 년이 지나가자 건강이 많이 회복되어 밖의 출입을 다시 하시게 되었다. 그런데 외출을 시작하자마자 건강이 완전 회복된 것도 아닌 상태였는데, 첫 번째로 하신 일이 다시 작은 부인을 얻은 것이다. 이전의 작은 부인들에게서는 자식이 없었는데 뒤늦게 이 부인에게서는 남매가 태어났다. 그런데 이 부인은 어린 두 남매를 남겨놓고 죽어버리어 아이들 양육이 문제가 되었다. 처음에는 그 아이들을 나에게 맡겨보려고 아버지는 우리 집에 그 아이들을 몇 번 데려왔는데, 우리 집 큰아이와 동갑인 이복동생이 마주치기만 하면 치고받고 싸우면서 우리 아이에게 얻어맞자, 아버지는 그때마다 화를 내시며 바로 이복동생을 데리고 시골로 돌아가셨다. 결국은 어머니가 이 애들을 차마 고아원으로 보낼 수는 없다고 하시면서 손수 우유를 먹이면서 키워내었다. 결국 어머니는 가끔 직접 자신이 낳은 자식들보다도 첩의 자식들은 뒤늦게 손수 힘들여 키웠기 때문에 정이 더 든 것 같다는 말씀을 하시게 되었다.

동리의 두세 살 아래 여학생들 중에는 나도 싫어하지 않고, 상대방도 상당히 나를 잘 따라주는 아이도 있었다. 그러나 내가 여학생과 함께 돌아다니는 것을 보는 동리 사람들은 "역시 그 아버지에 그 아들이다."고 수군거리는 것 같아서 여학생들을 가까이 할 수가 없었다. 여학생들에게는 공연한 큰 피해가 될 수도 있기 때문이다. 자연스럽게 여학생들을 멀리 하느라 신경을 무척 쓰면서 지내야 하였다.

그 때문에 아버지에 대한 나의 감정은 더 멀어졌다. 그리고 어머니는 그 이복동생들을 키우시느라고 우리 친남매들과는 더 거리가 멀어졌다. 나는 결혼 후에도 부모를 모시고 살지도 않았지만 늘 부모님과의 관계가 냉담하였다. 혹시 어떤 집안일이 생기어 뵙게 되더라도 나와 부모님은 늘 서로가 형식적이고 사무적인 태도였다. 그러나 아내는 시부모님께 늘 성의를 다하였다. 명절이나 부모님 생신 또는 가까운 친척들의 행사 등 모든 일을 맏며느리답게 아내는 자기 책임 아래 모두 처리 하였다. 그래서 아내와 나의 부모님 사이는 내왕도 빈번했고 관계도 매우 좋았다. 부모님들은 무슨 일이 있으면 나와는 의논하지 않고 언제나 아내를 찾았다. 우리는 결혼할 적에 부모의 도움을 거의 받지 않았고, 아내는 나의 부모로부터 상식적인 예우도 받지 못한 처지다. 그리고 많지는 않지만 부모의 유산도 부모를 모시는 사람이 받아야 한다고 하며 나는 맏아들인데도 살던 집조차도 차지하지 않았다. 그런데도 아내는 시부모나 내 형제들에 대하여 그런 일로 불만을 나타내는 일이 한 번도 없었다.

아내의 이러한 태도 때문에 아버지가 병환이 나셨을 적에도 결국은 전적으로 내가 나서서 돌보아 드리고 병원에 입원도 해드리고 수술도 받도록 돌보아 드렸다. 돌아가신 다음에는 장례도 내가 모든 일을 주관하여 치러 드렸다. 아버지는 가족을 부양하는 일에는 소홀하였지만 남들의 평판은 매우 좋은 편이었다. 동리 일도 어떤 사람보다도 열심히 잘 처리하기에 힘써왔고 남의 어려운 일들을 적극적으로 도와주었다. 때문에 동리사람들 뿐만이 아니라 많은 아버지를 아는 사람들이 대체로 아버지를 좋아하는 경향이 있었다. 그리고 외부 사람들 중에는 아버지의 지극한 관심 때문에 큰아들인 내가 공부도 잘하고 대학까지 진학하였다고 말하는 이들이 있다.

그러한 내가 아버지의 장례를 치르면서 많은 것을 뒤늦게 나마 반성하였다. 특히 네댓 사람이나 아버지에게서 큰 은혜를 입었는데 그 은혜를 갚아드리지도 못한 채 돌아가셨다고 영전에 와서 통곡을 하는 사람들이 있었다. 6 · 25 때 목숨을 건져준 은인이라며 통곡하는 이도 두 명이나 있었다. 나는 내가 죽는다면, 우리 가족 이외에 내 영전에 와서 통곡할 사람이 한 사람이라도 있겠는가 되짚어 보았다. 내가 한 가지 일만 가지고 아버지를 가벼이 여겨온 것은 잘못이라는 생각이 들었다. 이러는 중에 나의 부모에 대한 감정도 많이 달라졌다. 아내 덕분에 나는 불효자 소리를 남들로부터 듣지 않게 되었고 사람 노릇을 어느 정도 제대로 할 수 있는 기회도 갖게 되었던 것 같다.

지금도 어머니는 시골에 계시는데 어머니의 모든 뒷바라지 일을 아내가 맡아서 하고 있다. 용돈을 드리는 것도 아내이고, 쓰거나 잡수실 물건을 챙겨드리는 것도 아내이다. 아내도 이제는 80이 가까워 오는 나이인데도 어머니 생신이나 명절도 아직 혼자서 처리하고 내 동생들과의 연락도 혼자서 맡아 하고 있다. 동생들도 아내에게는 거역하는 말 한 마디 하는 일이 없이 모두가 따른다. 나의 부모님의 일만을 놓고 보더라도 나는 아내에게 무어라고 고마움을 표해야 할지 모를 지경이다.

7
우리 집의 재정

　　나는 평생을 월급쟁이로 지내오면서도 내 월급이 얼마인지 모르고 살아왔다. 정년퇴직을 한지 10년이 넘은 지금도 나는 우리 집 한 달 수입이 얼마인지, 가계의 수입 지출은 어떤 상황인지 전혀 모른다. 이전의 월급을 봉투에 담아 줄 적에도 나는 늘 봉투에 손을 대지 않고 고스란히 아내에게 갖다 바쳤다. 처음에는 월급이 너무 적다고 불평을 한 일이 있으나 "돈이란 쓰기에 약간 부족해야 진가를 발휘한다. 잘 쓰면 가장 적절한 액수의 월급이다."라는 고답적인 나의 입에서 나오는 대꾸를 두어 번 듣고는 다시는 남편 앞에서 월급이 적다는 불평을 한 일이 없다.

60년대에는 특히 월급이 적었던 게 사실이어서 아이들이
생겨나 돈 쓸 곳이 늘어남에 따라 나는 적어도 나의 용돈은
아내에게 기대지 않으려고 노력하였다. 그 결과 내 원고료
등의 수입이 내 용돈보다 점점 많아져 나의 따로 만든 통장
에는 언제나 여윳돈이 있게 되었다. 물론 원고료나 인세도
큰 액수의 것은 대부분 아내가 미리 알게 됨으로 그것은 내
가 손도 대지 못하고 아내에게 갖다 바쳐야 한다.

나의 개인적인 큰 돈 거래가 있는 곳은 내 책을 내는 출판
사들이다. 나는 책을 낼 적에 책을 잘 만들어달라는 주문은
하지만 원고료나 인세를 놓고 출판사 사람들 앞에서 왈가왈
부한 일이 없다. 그 때문에 출판사 분들이 나를 좋아하는지
도 모른다. 최근에 와서는 출판된 책의 수량도 늘어나 출판
사와의 돈 관계가 복잡해져서 내 판권의 관리를 한국문예학
술저작권협회에 의뢰하려고 먼저 그 관계를 분명히 하고자
하나 영 정리가 되지 않는다. 이제는 내 스스로의 정리를 중
지하고 저작권협회에 관계 정리까지도 해줄 것인가 문의해
보려고 마음먹고 있다. 적은 액수의 돈은 들어오는 대로 받
아 놓고 내가 마음대로 쓰는데도 내 통장에는 돈의 액수가
늘 조금씩 쌓여간다.

그런데 내 통장에 어느 정도 돈이 모였다 하면 아내는 미리 냄새를 맡고는 돈을 꼭 써야 할 구실을 내게 얘기하여 내 스스로 있는 돈을 다 털어 바치게 한다. 그리고 혹 내가 돈이 떨어졌을 때 급하여 아내에게 돈을 빌려 쓴 경우, 그 돈은 반드시 갚아야만 하였다. 그러나 반대로 아내가 내게서 돈을 빌려갔을 경우에는 돈으로 제대로 갚는 경우는 없고 당연히 자기가 책임져야 할 일정한 집안일에 쓰는 돈을 내는 것으로 갚을 돈을 셈하고 만다.

밖에 나가 내가 물건을 사는 것을 몇 번 보고 아내는 다시는 내게 어떤 물건도 사지 못하게 하였다. 나는 필요하다고 생각되는 물건이면 별로 값을 따지지 않고 바로 산다. 그래서 집을 살 때는 말할 것도 없고, 함께 외국에 나갈 때 면세점에서 물건을 살 때도 나는 물건을 고르기만 하고 흥정을 할 적에는 그 자리로부터 쫓겨난다. 걸핏하면 흥정에 불리한 말이 내 입에서 튀어나오기 때문이다. 결국 지금 와서는 내가 몸에 걸치고 있는 것들, 양말, 구두로부터 모자에 이르기까지, 내의로부터 외투에 이르기까지 모든 것들이 하나도 빼어놓지 않고 모두 아내가 사다 준 것이다. 아내는 기성복이나 재킷 같은 것들까지도 내가 입을 옷의 크기를 늘 정확하게 기억하고 딱 들어맞는 것을 사다 준다. 아내는 그런 식의 쇼핑에 재미를 붙여 내 옷뿐만이 아니라 싸고 좋은 것이 발견되면 아들딸과 사위의 정장이나 점퍼 같은 것까지도 사다준다. 나는 처가 바지나 저고리를 사올 적마다 고맙다는 말은 한 마디도 하는 일 없이 옷이 많은 데 쓸데없는 것 사왔다고 핀잔을 준다. 그러면서도 새 옷은 역시 좋아서 바로 그날부터 그 옷을 입고 다닌다.

외국에 나갈 적에도 아내는, 처음에는 내가 선물을 사다주기를 바랐고, 나도 늘 마음에 드는 선물을 골라 사들고 귀국하였다. 그러나 두세 번 선물을 받아보더니 다음부터는 절대로 물건을 골라 사오느라고 애쓰지 말고 여비를 되도록 많이 절약하여 그 돈을 선물로 달라는 것이었다. 이로부터 나는 외국에 홀로 나가더라도 선물을 사느라고 신경을 쓸 필요가 없게 되었다. 시내에 면세점이 생긴 뒤로는 많은 경우 자신이 미리 면세점에 가서 선물을 사기도 하였다. 몇 번 나는 부부 동반으로 외국에 나갈 기회가 있었는데, 외국에 나가서도 처를 따라 다니느라 외국의 백화점이나 쇼핑센터 같은 곳은 국내의 백화점이나 시장보다도 더 많이 구경한 것 같다. 여하튼 아내는 쇼핑에 있어서는 주위의 많은 사람들이 공인하는 도사이다. 외국에 나가서도 상인들과의 흥정은 그 나라말을 못하면서도 말을 할 줄 아는 나보다 훨씬 잘한다.

아내는 장사하는 사람들의 마음을 사로잡는 비법이 있는 듯하다. 아내를 따라 두어 번 백화점에 가본 일이 있는데, 매장 한두 곳에서는 나에게까지 차를 대접하면서 아내를 환영하는 것을 보았다. 아내가 백화점에 가서 많은 물건을 사서 우수 고객이 될 리가 없음으로 나로서는 전혀 이해가 잘 되지 않는 일이다. 우리 가족이 자주 가는 식당에 갈 적에도 그곳 주인이 가장 환영의 뜻을 나타내고 또 서비스도 잘해주는 상대는 아내이다. 심지어 내가 홀로 다니던 식당도 두어 번만 아내와 함께 가면 그들이 반기는 상대는 내가 아니라 아내로 바꾸어진다. 할인권 같은 것을 발행한 경우에도 그것을 내게는 주지 않고 언제나 아내에게 준다. 대체로 식비 계산을 아내가 주로 한다는 데에도 약간의 원인이 있기는 할 것이다. 우리가 잘 다니는 한 식당에는 그곳에서 일하면서 만나 결혼한 젊은 부부가 있는데, 부인이 임신하여 휴직을 하고 아기를 낳자 아내는 밥을 먹으러 가는 길에 백화점에 들려 아기 옷을 한 벌 사갖고 가서 그 남편에게 전해주며 축하를 하였다. 나는 그걸 보면서 사람들이 공연히 아내를 잘 대우하는 것이 아니로구나 하고 생각하였다.

내게는 매달 정기적으로 부부 동반하여 만나서 식사하며 담소하는 모임이 두 번 있다. 모이는 식당의 음식 값이 많고 적음에 따라 모일 적마다 일정한 회비를 낸다. 한 모임은 먹은 음식 값만 나누어 내지만, 다른 한 모임은 먹은 음식 값은 따지지 않고 내기에 편리한 액수를 정하여 내고 남는 돈은 적립을 하고 있다. 그런데 두 모임 모두 돈은 남편들이 내는데 우리 집만은 언제나 아내 쪽에서 내게 된다. 나는 부부 동반 외출일 경우에는 지갑도 넣고 가지 않는 경우가 대부분이어서 돈을 낼 생각조차도 하지 않는다. 그 결과 돈을 적립하는 모임에서는 우리 부부가 최고 연장자인데도 불구하고 아내가 총무로 돈 관리를 하게 되어 있다.

우리 집의 경제장관은 전적으로 아내이다. 그 덕분에 나는 부자이다.

8
아내와 자식들

내가 나의 살아온 길을 되돌아볼 때 언제나
가장 후회가 되는 일이 두 가지 있다. 그 첫째가 자식들 양육
과 교육에 너무 무관심하였다는 것이다. 그리고 다른 한 가
지는 내가 대학 강사 시절 생활을 위하여 중학교 한문 선생
을 한동안 한 일이 있는데, 월급만 받아 챙기면서 내 본업은
대학 강의라는 핑계와 또 중·고등학교 학생들이 한문 공부
에 관심이 전혀 없다는 이유로 열심히 성의를 다하여 학생들
을 가르치지 않았다는 것이다. 우리 아이들 모두 교육도 제
대로 받고 지금은 각자 가정을 이루어 잘 살고 있다. 그럼에

도 내가 후회를 하게 되는 것은 그 아이들이 자라며 공부할 적에 내가 조금만 관심을 더 기울였어도 이 세상을 위하여 보다 많은 공헌을 하는 사람이 되었을 것이라는 생각 때문이다. 중·고등학교에서도 수업시간을 빼먹거나 가르쳐야 할 것을 가르치지 않은 일은 없다. 다만 성의를 다하여 가르치지 못하였다는 것이다. 한참 후에 중학교 때 내게 한문을 배웠다는, 자녀도 거느린 부인을 만났는데 중학교 때 내가 과외로 칠판에 소개해준 당시를 지금도 외고 있다는 것이었다. 그 말을 듣는 순간 감수성이 예민했을 학생들에게 보다 더 성의를 다하여 수업을 하지 못한 후회가 가슴을 쳤다.

아내가 자식들 양육과 교육을 잘하였기 때문에 나는 아이들에게 별로 관심을 두지 않고 내가 좋아하는 일만을 하였을 것이다. 아내가 양육을 잘 해주었기 때문에 아이들 모두 건강히 잘 장성하였고, 교육 뒷바라지도 잘 해주었기 때문에 모두 공부도 잘하고, 좋은 학교를 졸업하여 떳떳한 사회인이 되어있을 것이다. 내 마음속에는 자식들 양육과 교육에 관한 모든 일을 아내에게 미루었던 과거에 대한 미안한 감정과 함께 아내가 잘 해준데 대한 고마운 마음도 그 속에 한 데 섞여 있을 것이다.

우리에게는 첫 아들, 둘째 딸, 셋째 아들의 삼 남매가 있는

데 모두 결혼하여 큰아들은 아들만 둘, 딸은 딸만 둘, 막내 아들도 아들만 하나를 낳았다. 그 중 외손녀가 가장 맏이고, 우리 바로 이웃에서 태어나 자랐기 때문에 각별한 나의 사랑을 받았다. 지금까지도 아내는 자식들 생활에 관심 정도가 아니라 깊숙이 관여하고 있다. 우리 큰아이는 국립 연구소의 연구원으로 일하느라 멀리 경남 창원에 살고 있지만, 딸과 막내아들은 우리와 같은 아파트 바로 옆에 살고 있다. 먼저 사위가 본사로 옮겨오게 되자, 아내는 바로 옆의 누구나가 좋아할 아파트를 골라잡아 사주었고, 막내도 이사할 기회가 생기자 바로 옆의 아파트를 잡아주어 이사 오게 하였다. 때문에 우리는 아침저녁으로 걸핏하면 함께 모여 식사도 하고 어른들은 함께 술을 마시기도 한다. 옆의 딸과 아들네 가족과 어울려 즐기면서 멀리 떨어져 있는 큰아들 가족이 안쓰럽게 느껴질 때가 있다.

그러나 아내의 아들에 대한 배려는 멀리 있다 해도 조금도 소홀하지 않다. 오히려 옆에 있는 딸과 아들이 약간 시샘을 할 정도이다. 큰아이는 결혼 한지 10여 년이 훨씬 더 되었는데, 아직 바로 옆의 딸이나 아들과 마찬가지로 김치나 된장, 고추장 등을 어미가 손수 담아 공급해 주고 있다. 늘 창원에 택배로 김치와 여러 가지 물건을 부쳐주기 때문에 택배 회사

직원 중에는 아내의 단골이 있다. 시골에 가서 잡곡을 살 경우에도 늘 큰아들네 것도 빠뜨리는 법이 없다. 그리고 명절 같은 때 큰아이 가족이 다녀갈 적에는 김치뿐만이 아니라 우리가 시골에 부탁하여 사 놓은 쌀이나 잡곡 같은 것을 나누어 그의 차에 잔뜩 실어준다. 딸은 자기 오빠에게 승용차를 트럭으로 바꾸어야 할 것 같다고 가끔 빈정거린다. 아들이 창원에서 살던 아파트를 바꾸려고 하자, 아내는 직접 창원까지 달려가 집의 위치와 생활환경 및 여러 가지 조건을 따져 집을 골라주었다. 젊은 아이들은 살 집의 여러 가지 조건을 제대로 고려할 줄을 모른다는 이유에서이다. 사위가 지방 근무를 할 적에는 그곳의 관사에 살게 되어 서울에 그들이 살던 집은 그대로 두고 가면서 그 집의 전세와 매매 등을 전적으로 자기 장모에게 의뢰했었다. 실은 서울의 그 집도 아내가 골라서 사준 것이다. 이제껏 아내의 결정이 모두 자기들에게 최선에 가까운 결과였음으로 아이들은 전적으로 그런 문제들은 자기 어미를 믿고 맡기고 있다.

그러니 시어머니와 며느리의 관계는 친어머니와 딸보다도 더 가깝다. 지금껏 자식들에 대한 내 무관심의 자리를 아내가 모두 채워놓고 있으니 고맙기 그지없다. 나는 자식들이 간혹 내 뜻에 어긋나는 짓을 할 적이면 "어미가 자식들을 너

무 떠받쳐 주어 버릇이 없어 저 모양이다."고 아내를 공격하
는데, 그래도 아내는 눈 하나 깜박이지 않는다. 그리고 아내
덕분에 나까지도 며느리들과 무척 친밀한 관계이다. 어떻든
우리 집 아이들은 아내가 있었기에 지금 같은 그들로 잘 자
라있고 행복하게 지내고 있음이 분명하다.

　중국의 대문호 소식(蘇軾, 1036-1101)의 시를 읽으면서 나의
아내와 자식들의 관계를 생각하여 보았던 작품이 있다. 「작
은 아이놈(小兒)」이라는 제목의 다음과 같은 시이다.

　　　작은 아이놈은 어른 걱정 알지도 못하고
　　　자리에서 일어나려는데 내 옷자락을 잡네.
　　　내가 아이놈에게 야단치려 하자
　　　늙은 아내가 아이놈은 철이 없다고 말리면서
　　　아이놈 철없다지만 당신은 더 심하니
　　　즐기지 않고 무엇 때문에 근심이냐고 하네.
　　　돌아와 앉아서 아내 말에 부끄럼 느끼고 있는데,
　　　술잔 씻어다가 내 앞에 놓아주네.
　　　술값 때문에 투덜대던
　　　옛날 유령의 부인보다 훨씬 훌륭하네.

소 아 불 식 수　　기 좌 견 아 의
小兒不識愁,　起坐牽我衣.

아 욕 진 소 아　　노 처 권 아 치
我欲嗔小兒,　老妻勸兒癡.

아 치 군 갱 심　　불 락 수 하 위
兒癡君更甚,　不樂愁何爲?

환 좌 괴 차 언　　세 잔 당 아 전
還坐愧此言,　洗盞當我前.

대 승 유 령 부　　구 구 위 주 전
大勝劉伶婦,　區區爲酒錢.

　유령(劉伶)은 진(晉)나라(265-317) 때 유명했던 죽림칠현(竹林七賢) 중의 한 사람으로 술의 공덕을 칭송하는 「주덕송(酒德頌)」의 작자이며 술꾼으로 유명한 사람이다. 그는 늘 수레에 술을 싣고 다니면서 쉴 새 없이 술을 마셨고, 하인에게 삽을 들고 뒤따라 다니다가 자신이 술을 많이 마셔 길가에 쓰러져 죽거든 그 자리에 묻어달라고 했다는 사람이다. 유령의 부인은 남편의 건강과 돈을 생각하여 남편이 술을 적게 마시도록 하려고 애썼다 한다. 한 번은 술이 떨어져 유령이 부인에게 술을 사다 달라고 하자, 부인은 눈물을 흘리며 몸을 생각하여 술을 삼가 달라고 애원하였다 한다. 그러자 유령은 나 혼자 술을 끊기는 어렵고 신에게 제사를 올리며 맹세를 해야 할 것이니, 신에게 올릴 술과 고기를 사다 달라고 하였다. 부인이 술과 고기를 사오자 유령은 술과 고기를 앞에 놓고 무릎을 꿇고 앉아서 다음과 같은 기도를 드렸다 한다.

하늘이 유령을 낳으시고
술로서 이름 지어 주셨습니다.
한 번 마셨다 하면 열 말 술,
다섯 말 술로 해장을 하지요.
부녀자의 말은
제발 듣지 마십시오!

천 생 유 령　　이 주 위 명
天生劉伶, 以酒爲名.

일 음 일 곡　　오 두 해 정
一飮一斛, 五斗解醒.

부 인 지 언　　신 불 가 청
婦人之言, 愼不可聽!

비는 글은 운을 밟은 시이다. 유령은 기도를 마치자 술과 고기를 끌어다가 맛있게 먹고 마셨다 한다. 이는 유의경(劉義慶, 403-444)의 『세설신어(世說新語)』 등에 실려 있는 얘기이다. 이 지독한 술꾼의 아내도 대체로 현숙한 부인으로 알려져 있는데, 소식은 자기 부인이 훨씬 더 훌륭하다는 것이다. 그런 훌륭한 부인이 있었기에 소식은 대문호로 활약할 수 있었을 것이고 자식들도 잘 양육하였을 것이다.

　나의 외국 나갔다 오는 제자들이 내가 술을 좋아한다고 소문이 났기 때문에 흔히 선물로 술을 사들고 온다. 서양 술이거나 중국술이거나 거의 모두가 값이 비싸고 알코올 도수가 무척 높은 술이다. 그런데 내가 정년 나이에 가까워지자 아내는 물건을 사러 백화점 같은 데 갔다가 와인이나 일본 술 사케를 싸게 파는 것들이 있으면 적당한 것들을 골라 여러 병 사들고 온다. 전부터 내가 반주로는 와인과 일본 술을 좋아한다는 것을 알고 있기 때문이다. 그리고 나이도 적지 않으니 되도록 독한 술은 마시지 말고 자기가 사온 술을 마시라고 권한다. 밖에 나가서는 소주와 맥주도 불가피하게 마시는 경우가 많아 아직도 다른 술을 완전히 끊지는 못하고 있지만 전보다 와인과 사케 이외의 술은 크게 절제를 하게 되었다. 아내의 유인으로 내 술의 기호는 와인과 사케 쪽으로 기울어졌다. 때문에 우리 집에는 지금 와인과 일본 술이 언제건 떨어지는 일이 없다.

　이런저런 것들을 종합해 보니, 내 아내가 중국의 현부인들보다도 한 단계 더 현숙한 것 같다. 소식의 아내보다도 훨씬 더 현숙하다. 내가 아직도 철이 덜 들어 그렇게 생각하고 있는 것일까?

9

아내와 이웃

흔히 서울 사람들은 이웃이 없다고들 말한다. 그러나 아내는 우리 이웃들과도 늘 가까이 잘 지내 왔다. 60년대 초기에 장위동에서 사귄 이웃 중 지금까지도 친하게 내왕하고 있는 사람들도 여러 명 있다. 1986년에 떠난 우성아파트, 우리의 입구 줄에 살던 부인들은 지금까지도 자주 아내와 모임을 갖고 있다. 나도 테니스를 하느라고 주말이면 동리에서 이웃 사람들과 많이 어울렸지만 지금까지도 친교를 유지하고 있는 사람들은 몇 명 되지 않는다.

잠실의 아시아선수촌 아파트에서 살 때에는 반상회를 주

관하는 반장을 돌려가며 하고 있었는데 아내는 한 번 반장 일을 맡은 뒤 "남편이 이웃을 위하여 반장 정도의 봉사도 못 하느냐고 흉을 본다."고 하면서 이후로 반장 일을 혼자 계속 맡아서 하였다. 아내는 반장 일을 맡은 뒤 이른 아침에 솔선 하여 주민들을 동원해서 아파트 주변 잡초를 뽑는 등 이웃이 함께 어울리는 일을 하여 많은 사람들과 가까워졌다. 처음에 는 귀찮게 여기던 같은 아파트 사람들도 반장 때문에 집 주 위도 더 깨끗해지고 주민들도 더 친해졌다고 하면서 좋아하 게 되었다. 때문에 우리가 분당으로 이사를 하게 되어 떠나 올 적에는 부인들보다도 남자들이 반장이 떠나가는 것을 더 아쉬워하였다. 그래서 아파트의 우리가 살던 입구 줄의 주민 들은 우리 부부를 불러내어 송별회를 해 주었다. 정말 고마 웠다. 그리고 우리와 나이가 비슷한 부부들은 매월 한 번씩 저녁에 모여 만찬을 하기로 하였다. 이 만찬 모임은 몇 년 동 안 잘 유지 되었는데 중간에 먼 곳으로 이사를 가는 분도 생 기고 사고도 생기어 최근에는 모이지 못하고 있어 섭섭하다. 모두가 나보다도 아내로 말미암은 끈끈한 인연이다.

우리 집에서 아이들을 결혼시키는 큰일을 할 적에 축하객 으로 와주신 분들 중에 각별히 고맙게 여겨졌던 분들이 지금 과 이전의 이웃 분들이었다. 아내로 말미암아 적지 않은 옛날 이웃 분들이 와서 축하를 해 주었다. 나는 이것만은 늘 자랑스럽게 생각하고 있고, 또 몇 번 남들에게 자랑하기도 하였다.

우리 집은 아버지와 어머니가 교회에 나가시어 명절이나 집안 행사에는 가정예배를 보아왔지만 장남인 나는 교회에 나가지 않았다. 부모님에 대한 일종의 항거였을 것이다. 1983년 아버지가 작고하신 뒤 나는 집안의 전통을 위하여 할 수 없이 교회를 나가기 시작하였다. 처음엔 아내와 집 가까이에 있는 교회를 몇 곳 나가 보았으나 영 마음에 드는 교회를 찾을 수가 없었다. 우리 학교 교수 중에 목사님과 장로님들이 계시어 찾아가 내 사정을 얘기하고 자문을 구했더니 모두가 큰 교회를 찾아가보라는 대답이었다. 그분들 충고를 따라 압구정동의 광림교회에 나가기 시작하게 되었다. 우리는 주일에 시골에 계신 어머니를 자주 찾아뵙게 되어 성실치 못한 교인 노릇밖에는 할 수가 없었다. 그러나 아내는 그 교회에 나가는 분당의 권사들 모임이 있는데, 직책이 집사이면서도 특별히 권사들 전체의 동의로 그 모임에 회원으로 불려 나가 지금까지 활동을 하고 있다. 교회 생활도 좋은 대인관계 때문에 아내 쪽이 나보다 훨씬 잘하고 있다고 생각된다.

그 밖에 늘 만나고 있는 학교 동창이나 친구들도 내게 비하면 10배 이상 많다. 처는 자동차 운전을 하는데 친구들과 움직일 때 늘 잔말 없이 자기 차에 친구들을 태우고 다닌다. 나는 이것 한 가지만 보아도 친구들에 대한 마음가짐이 나보다 훌륭하다고 여기고 있다. 그러니 우리 집에 오는 전화도 처에게 오는 전화가 나의 10배도 넘는지라, 나는 마침 내가 전화통 옆에 앉아있거나 처가 출타 중이 아닌 이상 우리 집 전화를 받지 않는다.

우리 부부가 외식을 하러 자주 다니는 식당이 몇 군데 있는데, 어느 곳엘 가도 식당 사람들은 나보다도 아내를 더 환영한다. 제자들이 가끔 우리 동리로 찾아주는 덕분에 나와 제자들이 먼저 연분을 쌓아놓은 식당이 한 곳 있었는데, 그 집도 아내를 동반하여 간 뒤로는 그 집에서 환영하는 주인공이 내가 아니라 아내로 바뀌어져 버렸다. 아무래도 아내는 남들을 제대로 잘 대하는 데 비하여, 나는 어디인가 남들을 제대로 대하지 못하는 구석이 있는 것이라고 여겨진다.

이웃을 대하는 법을 아내로부터 배워보려고 노력해 보았으나 나는 잘되지 않는다. 나는 이웃 사람뿐만이 아니라 사람들을 대하는 방법 자체에 대하여 아내에게 교육을 받아야 할 것이 아닌가 자책도 하여본다.

2009년

10
어떤 그림을 그릴까?
－열흘에 물 한 줄기(十日一水)－

         이제껏 아내와 손잡고 둘이서 흰 캔버스 위에 그림을 그린다고 하면서도 어떤 그림을 그려야 하는가, 어떤 그림이 되어가고 있는가는 한 번도 신중히 생각해 본 일이 없다. 그런데 최근에 이전에 낸 『당시선』을 보충하다가 당대의 대시인 두보(杜甫, 712-770)가 읊은 「왕재가 그린 산수화에 장난삼아 쓴 노래(戱題王宰畵山水歌)」라는 시를 읽게 되었다. 그리고 이 시를 통하여 우리가 그리고 있다는 그림에 대하여도 뒤늦기는 하였지만 새삼 여러 가지 생각을 해보게 되었다. 나의 생각을 요약하면, 옛날 왕재라는 화가가 그린

'곤륜방호도(崑崙方壺圖)'를 본뜬 그림을 그리되, 두보가 알려준 "십일화일수, 오일화일석(十日畵一水, 五日畵一石.)" 곧 "열흘에 물 한 줄기 그리고, 닷새에 돌 한 개를 그리는" 방법으로 그리자는 것이었다. 두보의 시는 이러하다.

열흘에 물 한 줄기 그리고,
닷새에 돌 한 개를 그렸다네.
일을 잘하려면 남의 재촉 받지 않아야 하는 것,
왕재도 비로소 여기에 진실한 그림 솜씨를 남기게 된 걸세.
웅장하다, 곤륜방호도(崑崙方壺圖)여!
그대의 넓은 대청 흰 벽에 이것이 걸리게 되었구나!
파릉(巴陵) 옆 동정호로부터 일본 동쪽까지 연이어 있고,
적안(赤岸)의 물은 은하수로 통하여 있네!
가운데에는 구름 기운 따라 용이 날고 있는데,
뱃사람과 어부는 포구로 배를 넣고 있고,
산의 나무는 모두 큰 물결 일으키는 바람 따라 옆으로 쓰러져 있네.
더욱이 먼 곳의 형세 잘 그리어 옛 분들에도 따를 이가 없을 것이니,
지척의 너비 안에도 만 리 땅이 담겨 있네.
어찌하면 병주의 잘 드는 가위 구하여,

오송강(吳松江) 그린 부분 반쪽이라도 도려내어 가질 수 있을까?

<ruby>十<rt>십</rt></ruby>
십 일 화 일 수　　　오 일 화 일 석
十日畵一水, 五日畵一石.

능 사 불 수 상 촉 박　　왕 재 시 긍 류 진 적
能事不受相促迫, 王宰始肯留眞跡.

장 재 곤 륜 방 호 도　　괘 군 고 당 지 소 벽
壯哉崑崙方壺圖! 挂君高堂之素壁.

파 릉 통 정 일 본 동　　적 안 수 여 은 하 통
巴陵洞庭日本東, 赤岸水與銀河通.

중 유 운 기 수 비 룡　　주 인 어 자 입 포 서
中有雲氣隨飛龍, 舟人漁子入浦漵,

산 목 진 아 홍 도 풍
山木盡亞洪濤風.

우 공 원 세 고 막 비　　지 척 응 수 론 만 이
尤工遠勢古莫比, 咫尺應須論萬里.

언 득 병 주 쾌 전 도　　전 취 오 송 반 강 수
焉得并州快剪刀, 剪取吳松半江水?

우선 그림의 구도가 말할 수도 없이 방대하다. 곤륜산(崑崙
山)은 중국 서북쪽에 있는 신선이 살고 있다는 전설적인 산
이고, 방호(方壺)는 역시 신선들이 살고 있다는 중국 동쪽 바
닷속에 있는 삼신산(三神山) 중의 하나인데 이것들이 한 폭의
산수화 속에 다 그리어져 있는 것이다. 온 세계의 신선들의
고장이 아름답게 모두 그려져 있는 것이다. 삼신산은 방장

(方丈)이라고도 부르는 '방호'와 함께 봉래(蓬萊) · 영주(瀛州)를 합쳐 부르는 말이니, 동쪽 바닷속에는 봉래와 영주도 그려져 있었을 것이다. 그뿐이 아니라 실제로 사람들이 사는 세상도 중국의 후난(湖南)성 파링(巴陵) 옆 동정호에서 시작하여 삼신산 저쪽의 일본 동쪽 지방까지 다 그려져 있다고 한다. 그 당시 중국의 지식인들이 꿈꾸던 신선들의 세계와 그들이 알고 있던 사람들이 살고 있는 현실세계가 이 그림 속에 다 담겨져 있었던 것 같다. 다시 그 그림 속에 장수(江蘇)성 장강 어귀의 적안(赤岸)의 물은 은하수로 연이어져 있다고 하였다. 그리고 하늘의 구름 사이에는 용이 날고 있단다. 그런 세상에서 사람들은 배를 타고 고기잡이를 하며 깨끗한 생활을 하고 있다. 강물이 은하수로 이어져 있으니 배를 탄 사람들은 황하나 장강으로부터 하늘나라까지도 마음대로 여행을 할 수 있을 것이다. 이 세상뿐만이 아니라 하늘나라까지도 그려져 있는 것 같다. 산의 나무들은 큰 물결을 일으키는 바람이 불어 모두 옆으로 나부끼고 있다. 바람과 나무와 큰 물결이 모두 위대한 자연의 기운을 느끼게 하는 대목이다.

화폭 속에 그려진 그림의 규모며 내용이 말할 수도 없을 정도로 방대하고 웅장하다. 중국 화가들은 산수화를 비롯한 여러 가지 그림은 실물의 모양을 그대로 그림으로 옮기는 것이 아니라, 그림을 통해서 작자의 생각이나 사상을 표현하는데 목적이 있다고 하였다. 스케일이 정말 대단하다. 송 대의 대문호 소식(蘇軾)이 당대의 자연시인 왕유(王維)의 그림을 평하면서 "그림 속에 시가 있고, 시 속에 그림이 있다."고 한 유명한 말은 중국 회화의 특징을 한 마디로 잘 알려주고 있다.

시인은 다시 끝머리에 잘 드는 병주에서 만든 가위를 구하여 이 그림 속에서 장수(江蘇)성 경계에 있는 "오송강을 그린 부분 반쪽이라도 도려내어" 갖고 싶다고 노래하고 있다. 이 세상의 작은 부분까지도 정교하고 빠짐없이 아름답게 그려져 있는 방대한 그림임에 틀림이 없다. 나도 기왕 아내와 손잡고 평생을 두고 그릴 그림이라면 대시인 두보가 노래하고 있는 이와 비슷한 그림을 그릴 수 있었으면 좋겠다는 생각이 들었다. 어찌하면 이런 방대한 그림을 그리면서도 또 대시인이 그 그림의 극히 작은 일부분까지도 탐내는 정교하고도 아름다운 그림을 둘이서 살아가며 그려낼 수 있을까 골똘히 생각해 보았다.

시인은 첫 머리에서 이 그림을 그린 화가 왕재는 "열흘에 물 한 줄기, 그리고 닷새에 돌 한 개를 그렸다."고 하였다. 중국 사람들은 이 중에서 "그린다"는 뜻의 화(畫)자는 빼버리고 '십일일수, 오일일석(十日一水, 五日一石.)'이라는 말을 교훈이 담긴 숙어로 흔히 쓰고 있다. 나도 이전까지는 이는 중국인들이 일을 서두르지 않고 시간여유를 가지고 무슨 일이나 처리하는 만만디(漫漫地) 정신을 잘 표현한 숙어라고 생각하여 왔다. 너무 빨리빨리 서두르는 한국 사람들로서는 마음에 새겨 두어야 할 교훈이라 여겨온 것이다. 그러나 다시 한 번 지금 생각해 보면 이 말은 일을 너무 서두르지 말라는 교훈만을 담고 있는 것이 아니다. 무슨 일이나 자기가 이루려는 목표와 계획을 크고도 웅장하게 세우고 자신의 온 능력과 정성을 다하라는 뜻이 담겨있는 말로 파악하게 되었다. 따라서 그 그림은 구도가 크기만 한 것이 아니다. 대시인 두보가 끝머리에서 "어찌하면 병주의 잘 드는 가위 구하여 오송강(吳松江) 그린 부분 반쪽이라도 도려내어 가질 수 있을까?" 하고 노래하고 있다. 그 그림은 시인이 그 중의 작은 일부분이라도 도려서 갖고 싶다고 할 정도로 정교하고 아름답기도 하다. 나도 그런 그림을 그려야 한다.

그러나 이제 와서 내 그림의 구도를 바꿀 수는 없다. 첫머리 '1. 오십 년 동안 둘이서 함께 그려온 그림'에서 지금까지는 50줄의 '금슬(錦瑟)'을 그렸지마는 이제부터는 아름다운 '금(琴)'을 하나 더 그리어 '금슬(琴瑟)' 그림을 이루어 보

101

자고 하였다. 그 '금'은 두보가 노래한 "열 흘에 물 한 줄기, 닷새에 돌 한 개.(十日一水, 五日一石.)"의 마음가짐으로 정성을 다하여 그려나가기로 하자!

2011년 8월 9일

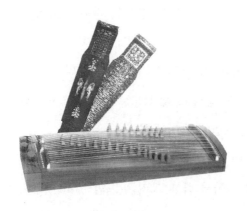

11
당대의 시인 백거이(白居易)가 아내에게 써 준 시

　　　　중국의 시인 중에 장가를 들면서 자기 아내에게 시를 써 바친 사람이 있다. 바로 당대의 시인 백거이 (772-846)이다. 시를 쓸 재주가 없는 나인지라, 이 중국시인의 시를 음미하면서 내 결혼과 아내를 생각해 보기로 하였다.

　중국 시인들의 시에는 자기 아내와 관계되는 시가 매우 적다. 그들은 대체로 부모들이 정해주는 데 따라 정해진 의식대로 결혼을 하고 또 예의에 벗어나지 않는 생활을 하기 때문이다. 다시 말하면, 중국 사람들의 부부는 사랑으로 맺어져 사랑을 하면서 살아가는 것이 아니라 예에 따라 맺어져 예를 따라 살아가기 때문이다. 옛날부터 '부부유별(夫婦有別)'이라 하였다. 따라서 중국 시인들의 연시는 자기 부인이 아닌 기생 같은 다른 여인과의 사랑을 노래한 것들이 대부분이다. 그러나 당대의 시인 백거이에게는 자기 아내와 관계되는 시가 여러 수 있다. 이는 중국에 있어서는 보기 드문 일이라 하지 않을 수가 없다. 특히 백거이란 시인은 '안록산(安祿山)의 난' 이후 어지러워진 당나라 사회문제에 눈을 떠 그 시대의 여러 가지 모순과 낮은 백성들의 삶의 어려움을 시로 노래한 작가이다. 그리고 서민들의 언어를 시어(詩語)로 쓰면서 서민들의 서정을 추구하여 중국시의 경계를 더 한 층 넓힌 작가이기도 하다. 민간에 유행하는 노래의 형식을 본떠서 새로운 자유형의 시가인 사(詞)의 창작에도 손을 대었다. 이러한 백거이의 새로운 시의 창작을 발판으로 하여 중국의 전통 시는 다시 발전하기 시작하여 북송(北宋, 960-1127) 때에 이르러는 중국시의 발전을 가장 높은 수준에 끌어 올려놓게 된다.

시인 백거이는 사랑이란 문제에 대하여도 다른 중국 사람들보다 적극적으로 시를 통해 사랑의 가치를 추구하고 있다. 당나라 현종(玄宗)과 양귀비(楊貴妃)의 사랑을 읊은 긴 시 「장한가(長恨歌)」와 강물 위에서 만난 기녀(妓女) 출신 여인의 사랑을 노래한 긴 시 「비파행(琵琶行)」 같은 것을 그러한 대표작으로 들 수가 있을 것이다. 본시 중국 사람들에게는 지금 우리가 쓰는 '사랑'이란 말이 없었다. 지금 우리는 '애(愛)'자를 '사랑'의 뜻으로 풀고 있지만, 실은 대체로 '아낀다'는 뜻으로 쓰이던 글자이다. '사랑'의 개념이 일반화한 것은 아무래도 중국에 서양으로부터 기독교가 들어온 뒤라고 여겨진다.

그렇다고 중국 사람들이 '사랑'을 전혀 몰랐던 것은 아니다. 백거이 같은 시인만을 놓고 보더라도 그의 아내에 대한 자세는 일반 중국 지식인들과는 달리 사랑의 정을 바탕으로 했던 것임에 틀림이 없다. 우선 그가 장가를 들면서 자기 아내에게 지어준 「아내에게 드림(贈內)」이란 시를 읽어보아도 시인의 아내를 생각하는 알뜰한 정이 느껴진다. 먼저 그 시를 옮기어 아래에 소개하기로 한다.

    살아서는 한집안에서 친하게 지내다가
    죽어서는 한 구덩이의 먼지가 됩시다.
    남들과도 잘 지내려 힘쓰거늘
    하물며 나와 당신 사이랴!

옛날 검루(黔婁)는 매우 가난한 선비였지만

처가 현명하여 그들의 가난도 잊었고,

기결(冀缺)은 한 사람의 농부였지만

처는 남편을 손님처럼 공경히 모셨다 하오.

도연명(陶淵明)은 생업이 없어도

부인 적씨(翟氏)는 스스로 알아서 살림을 했고,

양홍(梁鴻)은 벼슬도 하려 하지 않았으나

처 맹광(孟光)은 무명치마 달갑게 입고 지냈다 하오.

당신 비록 공부하지 않았다 하더라도

이런 일들 잘 들어 알고 있을 것이오.

지금 와선 천 년 전의 일인데

이런 사실 어떤 사람들이 왜 전했겠소?

사람이 나서 죽지 않는 동안엔

자기 몸 잊을 수는 없는 일이지요.

꼭 필요한 것은 옷과 음식이라지만

그건 배부르고 따스하면 그만이지요.

채소를 먹는 것으로도 주림을 채우기엔 충분하거늘

어찌 꼭 기름지고 진귀한 음식이어야만 할 것이며,

명주솜으로도 추위를 막기에 충분하거늘

어찌 꼭 무늬 수놓인 비단옷이어야만 하겠소?

당신 집안엔 대대로 전해오는 가훈이 있어

자손들에게 깨끗하게 살라고 가르쳤다는데,

나 역시 곧게 애쓰는 선비라서

당신과 지금 결혼하게 된 거지요.

제발 가난함과 소박함 보전하면서

해로하면서 함께 즐겁게 살아갑시다.

生爲同室親, 死爲同穴塵.
생 위 동 실 친　사 위 동 혈 진

他人尙相勉, 而況我與君!
타 인 상 상 면　이 황 아 여 군

黔婁固窮士, 妻賢忘其貧.
검 루 고 궁 사　처 현 망 기 빈

冀缺一農夫, 妻敬儼如賓.
기 결 일 농 부　처 경 엄 여 빈

陶潛不營生, 翟氏自爨薪.
도 잠 불 영 생　적 씨 자 찬 신

梁鴻不肯仕, 孟光甘布裙.
양 홍 불 긍 사　맹 광 감 포 군

君雖不讀書, 此事耳亦聞.
군 수 불 독 서　차 사 이 역 문

至此千載後, 傳是何如人?
지 차 천 재 후　전 시 하 여 인

人生未死間, 不能忘其身.
인 생 미 사 간　불 능 망 기 신

소 수 자 의 식　　불 과 포 여 온
所須者衣食,　不過飽與溫.

소 식 족 충 기　　하 필 고 량 진
蔬食足充飢,　何必膏粱珍?

증 서 족 어 한　　하 필 금 수 문
繒絮足禦寒,　何必錦繡文?

군 가 유 이 훈　　청 백 유 자 손
君家有貽訓,　清白遺子孫.

아 역 정 고 사　　여 군 신 결 혼
我亦貞苦士,　與君新結婚.

서 보 빈 여 소　　해 로 동 흔 흔
庶保貧與素,　偕老同欣欣.

　　백거이는 36살 때(807)에야 홍농(弘農)지방(지금의 河南省 三門峽 근처)의 명문인 양씨(楊氏) 집안의 딸과 결혼하였다 한다. 일찍이 자손을 낳아 가계를 잇도록 하는 것이 효도의 으뜸이어서 모두 조혼을 하던 습관이 있던 중국이니, 30대 후반의 이 백거이의 결혼은 대단한 만혼이다. 특별한 연유가 있었을 것이다. 어떻든 뒤늦게 명문가 딸에게 장가들었으니 기쁘기도 하려니와 그 아내가 남달리 소중하게 여겨지기도 했을 것이다.

　　이 시에 인용된 검루(黔婁)와 기결(冀缺)은 춘추시대(B.C 722-B.C 481)에 숨어살던 현명한 사람이고, 도연명(365-427)은

진(晉)나라 때의 유명한 전원시인, 양홍(梁鴻)은 동한(東漢, 25-220) 시대에 벼슬도 하지 않고 가난했지만 깨끗하게 산 사람이다. 그러나 이들 모두 부인이 현명하여 자기 뜻대로 깨끗한 삶을 평생 누릴 수가 있었다. "평이하게 산다(居易)"는 뜻의 이름이나 "하늘의 뜻대로 즐긴다(樂天)"는 뜻의 호가 말해주듯, 그의 소박하고도 깨끗한 생활관 때문에 중국의 시인들 중에서는 보기 드물게 그는 형부상서(刑部尙書)의 높은 벼슬에 오르며 75세의 장수를 누릴 수가 있었을 것이다. 그리고 그것은 아내를 비롯한 인간에 대한 사랑이란 참된 감정을 숨기지 않은 데도 까닭이 있는지 모른다. 백거이는 이 시에서 자기 아내가 된 사람에게 자신의 결혼관과 처세관을 밝히며 함께 깨끗하고도 소박한 일생을 보낼 것을 요구하고 있다. 그리고 시의 많은 부분을 옛 명인들의 보기를 들어가며 아내는 남편을 도와 올바르고 깨끗하게 살아가야 함을 강조하고 있다.

이때 백거이는 이미 진사(進士)가 된 뒤 교서랑(校書郎)과 집현교리(集賢校理) 등의 벼슬을 거쳐 한림학사(翰林學士) 자리에 있었다. 그리고 이미 당 현종(玄宗)과 양귀비(楊貴妃)의 사랑을 노래한 장편시 「장한가(長恨歌)」의 작자로 대단한 명성을 떨치고 있었지만 생활은 여전히 깨끗하고 부유하지 않앗던 것 같다. 그와 결혼하는 부인 양씨가 부유한 대갓집 규수였기 때문에 특히 가난하면서도 깨끗하고 바른 생활을 부인에게 강조했을 것이다.

그의 시는 시종 설교조의 말투여서 시답지 않게 느껴져, 독자들은 작자의 아내에 대한 사랑이나 결혼의 기쁨 같은 정은 놓쳐버리기 쉽다. 그러나 시를 잘 음미해 보면, 설교조가 실은 아내에 대한 알뜰한 관심의 표현임을 알게 된다. 그리고 특히 "살아서는 한 집안에서 친하게 지내다가, 죽어서는 한 구덩이의 먼지가 됩시다."고 하는 첫머리 구절과 "제발 가난함과 소박함 보전하면서, 해로하면서 함께 즐겁게 살아 갑시다."고 하는 끝머리 구절의 권유에는 어떤 다른 요란하고 긴 표현보다도 진실하고 알뜰한 아내에 대한 사랑과 결혼에 대한 자신의 기쁨과 기대가 담기어 있음을 발견하게 된다. 그것은 내가 결혼하면서 아내에게 당부하고 싶었던 말이기도 하여 내게는 더욱 절실하게 느껴지고 있는지도 모를 일이다.

그런데 시인 백거이는 이 결혼을 한 뒤 7년 되는 해에 「아내에게 드림(贈內)」이라는 똑같은 제목의 다음과 같은 시를 남기고 있다.

자욱한 응달진 곳의 이끼는 비 온 땅에 새로이 퍼져 있고
엷게 내리는 싸늘한 이슬은 가을 기운 느끼게 하네.
밝은 달 바라보며 지난 일 생각하지 말게나!
당신 얼굴빛 여위게 하고 당신 건강이나 해칠 뿐이니.

막 막 암 태 신 우 지   미 미 양 로 욕 추 천
漠漠闇苔新雨地,   微微凉露欲秋天.

막 대 월 명 사 왕 사   손 군 안 색 감 군 년
莫對月明思往事,   損君顔色減君年.

　아내는 대갓집에서 풍유하고 안락하게 자란 여자이다. 더
구나 달 밝은 가을밤, 아내는 지금의 가난한 생활이 힘겨워
서 편히 잘 살던 옛일을 떠올리고 있을 지도 모를 일이다. 이
미 시인은 결혼할 적에 지어준 시에서도 당부했지만 깨끗하
고 소박한 삶을 권유하고 있는지라 사랑하는 아내가 무척 걱
정되는 것이다. 이 시는 내가 신혼 때 아내에게 당부하고자
했던 말 같아서 내게는 시의 울림이 각별한 지도 모르겠다.
사랑한다는 말은 한 마디도 없지만 사랑이 넘쳐나는 시이다.
시의 끝머리 "감군년(減君年)"은 "당신의 수명을 줄이게 된
다."는 뜻인데, 현대적인 감각에 맞도록 "건강을 해치게 된
다."는 말로 옮겼다.

이 뒤로도 백거이에게는 결혼한 지 10년째 되던 해에 쓴 「아내에게 드림(贈內子)」이라는 시가 또 있고, 또 「아내에게 부침(寄內)」·「배에서 밤에 아내에게 드림(舟夜贈內)」 등의 시도 짓고 있다. 백거이의 아내에 대한 사랑은 중국의 시인들 중에서 특히 남달랐음을 알게 된다. 백거이의 시를 빌려 아내에게 내 마음속의 사랑의 정을 일부라도 전해보려고 이 글을 쓰게 된 것이다.

12
술병 난 날에

눈을 떠 보니 창문에 비치는 햇살로 보아 이미 보통 출근시간은 훨씬 넘은 시각인 것 같다. 자리에서 일어날 채비를 하려니 골은 띵하고 속도 불편하다. 억지로 일어나 화장실을 다녀오기는 하지만 여전히 아무 일도 할 수 없어 다시 자리 위에 눕는다. 오전엔 강의도 없고 아무런 약속된 일도 없는 게 다행스럽기만 하다.

집사람이 냉수 그릇을 들고 들어오면서 나이가 몇인데 아직도 제 몸 하나 추스르지 못할 정도로 술을 마시느냐고 핀잔이다. 핀잔 앞에 아무런 할 말도 없다. 지난 밤 늦게 타고 들어온 택시 값도 제대로 지불했는지 기억에 또렷치 않고, 집에 들어와서는 큰 소리를 쳤던 것 같은데 무얼 가지고 그랬는지 알 수가 없다. 좀 더 죽겠다는 시늉을 함으로써 동정심에 기대어 추궁을 면하는 길 밖에 없는 형편이다.

정말 나이가 몇인데 이 모양인가? 이젠 자기 몸도 생각할 때가 되지 않았는가? 아직도 일 년이면 여러 차례씩 술병을 겪고 있으니, 되풀이되는 집사람 꾸중에 대꾸할 염치도 없다. 흔히들 술을 〈약주〉라 부르지만 걸핏하면 이렇게 술병이 나니 이렇게 마시는 내게는 약이 되는 수가 없을 것이 분명하다. 흔히들 술은 노는 흥취를 돋아준다고들 말하지만 춤도 출 줄 모르고, 노래도 제대로 부를 줄 모르며, 멋지게 놀 줄도 모르는 나로서는 흥취를 돋우어 보았자 별것이 없으니 나는 흥취를 위하여 술을 마시는 것이 아니다. 흔히들 〈주색〉이란 말을 하지만 술자리에 잘 알지도 못하는 여자가 끼는 것을 부담스럽게 여기는 성격이니, 내가 마시는 술은 여색과도 아무런 관계도 없다.

흔히들 시름이나 괴로움을 잊기 위하여 술을 마신다고도 하지만 어제만 하더라도 내게는 잊어야 할 시름이나 괴로움이 있었던 것도 아니다. 흔히들 술을 들며 남이나 자기의 경하할 일을 축하한다고들 하지만 어제는 동료들이나 내게 무슨 축하할 일이 있었던 것도 아니다.

"천지개벽 이래의 세월을 하루아침 정도로 여기고 만년을 잠시 동안이라 생각하며, 해와 달을 방의 창문이나 같은 것으로 여기고, 우주를 집의 마당 정도로 생각한다."는 대인선생(大人先生)에 관하여 쓴 유령(劉伶)의 주덕송(酒德頌)도 여러 번 읽었으니, 술의 공덕을 늘어놓아 보라면 못할 것도 없다. 그러나 그러한 술의 공덕을 빌리기 위하여 술을 마신 적은 한 번도 없다. 대체로 나는 어떤 목적이 있어서 술을 마신 일은 별로 없는 것 같다. 곧 무슨 까닭이 있어 술을 마신 일은 매우 드물다는 것이다. 그저 친구들의 정에 끌리어 술을 마시러 갔고, 친구들과 함께 술이 있기에 술을 마셨고, 친구들 앞에 있는 술에 끌리어 술을 마셨다. 그리고 친구들이 권하는 바람에 자꾸 마셨고, 친구들에게 술을 권하다 보니 좀 지나치게 마신 것뿐이다.

이런 위인에게 아내는 시집을 잘못 와서 남편이라는 작자 때문에 술병 간호하느라 분주를 떨어야 한다. 평소에는 안 하던 과일 주스도 대령하고 인삼을 달여다 주거나 청차를 끓여오기도 한다. 때늦은 조반으로는 죽을 쑤어다 주기도 한다. 한낮에 방안에 누워 부산한 집사람의 움직임을 구경하고 있노라면, 차차 띵한 머리와 불편한 속은 오련해지고 온 집안이 청복(淸福)으로 가득 차 있는듯한 느낌이 든다. 이때부터 집사람의 "동리 분들 보기에 창피하다"는 힐난조차도 음악처럼 들리고, 밀려있는 할 일들도 남의 일인 듯이 느껴진다. 옛사람들이 즐기던 한적(閒適)의 맛을 조금은 체험하는 것 같은 순간이다. 아내가 고맙기 짝이 없다.

어젯밤 나와 함께 술을 마신 동료들은 어떤 모양일까? 그들도 술병이 나서 나처럼 누워있거나, 출근을 했다 하더라도 억지로 몸을 추스르며 잘되지도 않는 일과 씨름하고 있으리라. 자기 몸을 축내는 짓인 줄도 모르고 술을 퍼마시는 어리석은 자가 내 주위에 나 하나만이 아니라 적지 않다는 게 다행스럽게 여겨진다. 아니, 이처럼 각박하고 영악한 세상에 내 주위에만은 이처럼 어리석은 사람들이 많으니 정말 다행이 아닌가?

과음이 나쁘다는 것쯤은 세 살 먹은 아이라도 알 것이다. 그런데 나이 오십이 넘어서도 술병으로 혼이 나면서 그 잘못을 거듭 저지르고 있으니 구제불능인가? 공자는 제자인 안회(顔回)를 두고 "두 번 같은 잘못을 저지르지 않는다."고 칭찬하였고, 또 낮잠을 자고 있는 제자를 보고는 "썩은 나무에는 조각도 할 수 없다."고 혹독하게 나무라고 있다(『論語』). 내 스승 중에 공자 같은 분이 계시지 않은 것만을 다행으로 여겨야 하는가? 그래도 공자 같은 스승이 계셨더라면 이토록 거듭 잘못을 저지르지는 않았으리라는 생각도 해 본다.

따져보면 과음은 건강에도 나쁘고 사람의 품위를 위해서도 좋지 않은 것임이 분명하다. 그러나 한편 술 마시는 일을 통해서라도 이룩한, 모든 일에 초연했던 자신의 몸가짐이 대견스럽게도 느껴짐을 어이하랴! 남들은 한창 분주한 이 시간에 방안에 드러누워 오연한 기분으로 한적(閒適)을 즐기며 청복(淸福)에 젖는 일이 술을 빌리지 않고 가능할까? 건강도 정신 쪽이 매우 중요한 요인이라면 어쩌다 하게 되는 알코올의 과다한 섭취가 반드시 건강을 해친다고 단언할 수만은 없을 것도 같다. 성인군자라는 평판을 받지 못하는 이상 과음으로 걸음걸이가 좀 비틀거렸고 논리에 맞지도 않는 말을 혀 꼬부라지게 했다고 해서 내 품위에는 크게 나쁜 영향을 끼칠 것도 아닐 것 같다.

골 아프고 배 시원찮다고 죽는 소리 하면서 한낮에 출근도 못하고 방안에 누워 생각이 이렇게 돌아가고 있으니, 자기반성하고 술 많이 마시지 않기는 글렀나보다. 옛날에 몇 번이나 담배를 끊었다가 다시 피우면서 똑똑한 체 하지 않기로 작정한 전력이 있는지라, 과음도 다시는 하지 않겠노라는 생각은 하지도 못하고 자기 편한 대로 머리를 굴리고 있는 것인지도 모르겠다. 거기에다 과음은 바보짓이라 분명히 단언하면서도 기회만 닿으면 서로 권커니 작커니 하다 과해지는 줄도 모르고 즐겁게 어울리는 친구들이 있고, 과음한 날 아침이면 말에 가시를 세워 나무라면서도 간호해주기에 신바람을 내는 집사람이 있는 한, 술을 좀 많이 마시는 일은 거역할 수가 없는 일임이 분명하다. 아내는 내 술버릇을 꾸짖고 있지만 내가 이렇게 술을 마실 수 있는 것은 아내의 덕분이기도 하다. 그러니 내가 과음을 하는 데에는 아내에게도 상당한 책임이 있다고 생각하면서 혼자 속으로 웃어넘기고 있다.

진(晉)나라 때의 술로 유명한 전원시인 도연명(陶淵明, 365-427)에게 「음주(飮酒)」시 20수가 있다. 그 중 제4수는 아래와 같다.

> 허전한 무리를 잃은 새가
> 날은 저무는데 홀로 날아다니네.
> 돌아다니며 정해진 머물 곳 없어
> 밤마다 우는 소리 더욱 슬퍼지네.
> 거친 소리는 맑고 먼 곳 생각하는 듯,
> 왔다갔다 어디에 의지하려 하는 건지?
> 마침 외로이 서 있는 소나무 있어

날아와서 날갯죽지 접고 깃드네.

세찬 바람에 제대로 자란 나무 없는데

이 나무만은 그늘이 유독 엷지 않네.

몸을 의탁할 좋은 곳 이제 얻었으니

천년토록 저버리지 않으리라.

서서실군조　일모유독비
栖栖失群鳥, 日暮猶獨飛.

배회무정지　야야성전비
徘徊無定止, 夜夜聲轉悲.

려향사청원　거래하소의
厲響思淸遠, 去來何所依?

인치고생송　렴핵요래귀
因値孤生松, 斂翮遙來歸.

경풍무영목　차음독불쇠
勁風無榮木, 此蔭獨不衰.

탁신이득소　천재불상위
託身已得所, 千載不相違.

　제목은 「음주」시인데도 술 마신다는 말은 한마디도 나오지 않는다. 아무래도 이 시는 내가 '술병 난 날에' 다시 읽어보니, 작자 도연명이 '술병 난 날에' 지은 것인 듯하다. 여기의 무리를 잃고 그늘이 두터운 소나무를 찾아 깃드는 '새'는 술병이 난 작자 자신인 것만 같다. 그리고 외로운 그늘이 두

터운 '소나무'는 언제나 옆에서 꿋꿋이 돌보아주고 뒷받침해 주는 작자의 아내인 것만 같다. 지금의 나의 처지와 똑같기 때문이다. 도연명도 그처럼 의지할 현명한 부인이 있어서 팽택령이란 벼슬을 내던지고 귀거래사(歸去來辭)를 읊으며 전원으로 돌아와서 늘 술을 즐기고 시를 지으면서 살아갈 수가 있었을 것이다.

　이 중국의 호주가 도연명도 나이가 50이 가까워지자 술이 몸에 이롭지 않다는 것을 느끼고, 술을 끊기로 결심하고는 「술을 끊음(止酒)」이라는 시를 읊고 있다. 여러 번 술을 끊으려고 애쓰다가 마침내 큰 결심을 하게 된 것이다. 아래에 그 시의 일부를 인용한다.

　　　평생 술을 끊지 않고 있는데,
　　　술을 끊으면 마음의 기쁨이 없어지기 때문일세.
　　　저녁에 끊으면 편히 자지를 못하고
　　　아침에 끊으면 일어나지를 못한다네.
　　　오랫동안 매일 끊으려 했지만
　　　제대로 살아갈 수가 없어서 끊지 못하였네.
　　　부질없이 끊는 게 즐겁지 않다는 것만 알고
　　　끊는 것이 자기에게 이롭다는 것은 믿지 않았네.

비로소 끊는 것이 좋다는 것을 깨닫고서

오늘 아침에야 정말로 끊었네.

이로부터 한 번 끊었으니

죽을 때까지 끊어보리라.

平生不止酒, 止酒情無喜.

暮止不安寢, 晨止不能起.

日日欲止之, 營衛止不理

徒知止不樂, 未知止利己.

始覺止爲善, 今朝眞止矣.

從此一止去, 將止扶桑涘.

　　그러나 시인은 이처럼 술을 끊는 시를 읊고도 곧 다시 술
잔을 들기 시작하여 죽을 때까지 술을 즐겼다. 다만 50세 이
후 이 「술을 끊음」이란 시를 읊은 뒤로는 술 마시는 것을 어
느 정도 절제하였을 것이 아닐까 나름대로 생각하여 본다.
나도 이제는 이처럼 술병이 나도록 마시지 말고 술을 절제해
야 할 것 같다. 이것은 아내의 간곡한 부탁이기도 하다.

13
금혼식 날에

지난 2012년 11월 18일이 우리의 결혼 50주년이 되는 금혼식 날이었다. 우리 부부는 아이들이 모여 우리에게 축하한답시고 법석이나 떨 것이 귀찮다고 여겨져 금혼식 때는 외국 여행을 할 예정이라고 말해왔다. 실제로 나자신도 아내에게 어디이던 편안하고 즐거울 곳을 골라 여행을 하자고 말해왔다. 금혼식 날짜가 가까워지면서 나는 여러차례 아내에게 여행 장소를 정하자고 재촉하며 후보지를 몇군데 제시하였다. 나는 아내가, 내가 제시한 장소 중에서 한곳을 골라줄 것으로 믿고 있었다. 그러나 그날이 가까워 오는데도 아내는 별다른 말이 없었다. 날짜가 절박하여 하는 수없이 아내에게 여행 목적지를 정하자고 재촉하자, 아내는 자기가 가고자 하는 곳이 국내이니 아무런 걱정 말라는 것이다. 아내에게 목적지에 관하여 더 추궁하자 아내 대답이 뜻밖이었다. 그날 아침 먼저 금산의 요양원에 계시는 어머님을 찾아뵙고 나서 어디든 마음 내키는 대로 가자는 것이다. 서해든, 동해든, 남해든 어디라도 상관이 없다는 것이었다. 이 아내의 제의에 나로서는 다른 말을 할 수가 없었다.

18일 아침 일찍 집을 나서서 경부고속도로를 이용 대전 쪽으로 차를 몰았다. 우리는 늘 망향 휴게소를 지나 천안 휴게소까지는 내가 운전을 하고 가서 쉬면서 커피도 한 잔 사 마시고 아내와 운전을 교대한다. 대전을 지나 곧 통영으로 가는 고속도로로 접어들어 조금만 가면 금산이다. 요양원은 금산의 시골 마을에서 좀 떨어진 야산 기슭에 있다. 규모는 비교적 작은 편이지만 환경이 매우 좋고 운영자들이 사명감을 가지고 열심히 경영하는 것 같다. 어머니는 금년 봄에 나의 형제들이 모여 백수연을 차려 드렸다. 어머니는 연세에 비하여 특별한 불편한 곳 없이 비교적 건강하게 잘 계신다. 그러나 노약한 어머니를 뵙는 마음은 유쾌할 수가 없다. 아무래도 전번에 뵈었을 적보다는 더 노쇠한 것만 같아 안타깝기 때문이다. 어머니가 계시는 방은 네 분이 함께 쓰고 있는데,

그중에는 우리 부부보다도 연하의 분조차 있다. 여러 가지로 마음이 착잡해진다. 어머니도 우리가 가면 무척 반가워하기는 하지만 결국은 별로 기분이 좋으신 것 같지는 않다. 언제나 나보다도 며느리인 아내를 더 반기신다. 우리가 떠나올 적에는 아무리 나오지 말라고 말려도 언제나 밖의 주차장까지 나오셔서 우리를 전송해준다.

요양원으로부터 마을 쪽으로 내려오면서 아내의 얼굴을 보니 역시 어둡다. 어디로 갈까 하고 물으니, 우선 유성으로 가서 커피부터 한 잔 마시면서 다시 얘기하잔다. 유성은 이전에 사위가 연구소에 오랫동안 근무하고 있었고, 충남대학교를 비롯하여 대전의 대학들 교수들과 어울리느라고 나는 아내와 함께 자주 오던 곳이다. 늘 가던 관광호텔로 가서 차를 세우고 커피숍으로 들어갔다. 그곳 커피숍은 커피 값보다도 맥주 값이 더 싸다. 아내는 커피를 시켰으나 나는 이제 움직이기도 싫어졌다고 하면서 맥주를 마셨다. 나는 오늘 밤은 여기에서 보내고 내일 어딘가 마음먹은 곳으로 가자고 하면서 맥주를 약간 취하도록 마셨다. 그 호텔 커피숍에서는 빵도 여러 가지 팔고 있었고 맥주 안주도 좋았다.

한참 뒤 아내는 나보고 따라 나오라고 하면서 앞서서 커피숍을 나갔다. 이제부터 자기가 운전하고 당신이 제일 좋아할 곳으로 갈 것이니 눈 감고 한잠 잠이나 자란다. 술 취한 나로서는 순종하는 수밖에 없었다. 그런데 아내가 모는 차는 고속도로로 나가더니 서울 쪽으로 향하는 것이었다. 어디 가는 거냐고 물으니, 기가 막히게 좋은 곳에 데려다 줄 것이니 아무 말 말고 앉아있기만 하라는 것이다. 천안삼거리 휴게소에 들어가 차를 마시면서 다시 어디로 가는 것이냐 물어보니, 우리에게 가장 좋은 곳은 집 밖에 또 있느냐는 것이다. 그리고는 어머니를 뵙고 나니 다른 곳으로 놀러갈 마음이 깨끗이 사라졌다는 고백이다. 당신도 어두워진 마음을 달래려고 맥주 마신 것 아니냐는 반문이다. 아내도 나와 똑같은 마음이었음을 알게 되었다. 당신 피로할 것이니 여기서부터는 내가 운전하겠다고 하자, 자신은 피로하지 않고 음주운전은 안 된다고 하면서 계속 차를 몰고 집으로 돌아왔다.

집으로 들어와서 아내는 어머니를 뵙고 왔으니 어떤 명승지에 다녀온 것보다도 좋지 않으냐고 묻는다. 우리는 둘이서 금혼식을 자축하는 저녁을 보냈다. 축하한다면서 포도주 잔을 내미는 아내가 고맙기 짝이 없다. 어떤 명승지를 다녀온 것보다도 우리 금혼식 날의 기념 여행은 내 가슴속을 더 뿌듯하고 만족스럽게 해주었다.

2012년 11월

125

2부

퇴직한 뒤의 이런 일 저런 일

전원으로 돌아와 사는 삶(歸園田居)

1
분당으로 이사를 오다
-전원으로 돌아와 사는 삶(歸園田居-

1999년 봄, 나는 오랜 세월 일하여온 직장에서 정년퇴직을 하였다. 내가 정년퇴직을 몇 년 앞둔 때부터 우리 집사람은 나에게 당신이 퇴직을 하면 시내에 살 것 없이 교외로 이사를 하여 조용히 살자고 제의를 하였다. 늘 내가 입버릇처럼 작은 남새밭이 붙어있는 교외의 작은 농가에 살고 싶다고 한 말을 감안했던 것 같다. 그러나 나는 처음부터 지금 살고 있는 곳으로부터 절대로 옮겨가지 않겠노라고 단호히 거절하였다. 퇴직을 했다고 해서 이제껏 살아오던 생활환경으로부터 크게 벗어나고 싶지는 않았기 때문이다. 그러는 사이 분당 새 시가지를 건설하고 입주자를 공모할 적에 처는 혼자서 두세 번이나 공모에 응했다. 처는 공모에 떨어진 다음에야 내게 아쉽다면서 얘기를 해 주었지만 나는 늘 잘된 일인데 무슨 쓸데없는 걱정이냐고 초연하였다. 그러나 처와 가까운 분들이 여러 사람 이미 분당으로 이사하여 살고 있어서 처는 분당을 자주 들락거리면서 계속 분당으로 이사할 계획을 진행시키고 있었다. 나도 그 사이 몇 차례 분당에 가본 일이 있으나 전혀 그곳으로 이사하여 살고 싶은 생각이 들도록 마음이 끌리지는 않았다.

하루는 집사람이 이사는 안 해도 좋으니 자신이 분당에 골라놓은 곳을 한 번 함께 가보기라도 하자고 요청해 왔다. 처의 뜻이 하도 간곡하여 구경도 안하겠다고 마구 버틸 수가 없어서 처를 따라 분당으로 갔다. 처가 나를 데리고 간 곳은 지금 내가 살고 있는 분당의 샛별마을이란 동리이다. 가서 보니 아파트 바로 옆이 공원이고, 그 공원의 왼편은 규모가 매우 큰 중앙공원, 오른편은 푸른 산으로 이어지고 있는데 어느 편으로 가거나 공원을 겸한 넓은 길이 찻길에 의하여 끊이지 않고 계속 연이어져 있다. 나는 내가 좋아하지 않을 수가 없는 이런 위치의 아파트를 찾아낸 아내에 대하여 속으로 감탄할 수밖에 없었다. 그 위에 그 마을에는 잠실의 아파트에서 같은 층에 대문을 마주 대하고 10년 정도 형제보다도 더 가까이 친하게 살아온 부부가 그곳으로 옮겨와 살고 있어서 그분들과의 만남도 무척 반가웠다. 그 부부도 나를 보자마자 하루속히 이곳으로 이사와 함께 지내자고 간곡한 부탁을 하여왔다. 나는 이제껏 죽어도 이사 가지 않겠노라고 강력히 버티어 온 터이라 체면상 마음의 변화를 바로 드러내지 못하고 있다가 결국은 친구 부부의 권유에 마음이 움직인 것 같은 태도를 취하면서 처 앞에 백기를 흔들고 말았다.

2000년 봄 분당 샛별마을의 아파트로 이사를 왔다. 이곳으로 이사를 와 보니 아파트도 매우 맘에 들고 주변의 자연환경도 좋아서 이전보다도 자주 산책이며 간단한 등산을 즐기게 된다. 내 생활이 훨씬 자연과 가까워진 것이다.

일을 해오던 곳에서 떠나와 보다 자연에 가까워진 고장에서 살게 된 탓일까? 분당으로 이사를 온 내 생활이 진(晉) 나라 시인 도연명(陶淵明, 365-427)의 유명한 시의 제목인 '원전으로 돌아와 살게 되다'는 뜻의 「귀원전거(歸園田居)」가 내 경우를 잘 표현한 것 같은 기분이 들었다. 도연명 시를 좋아하기도 하지만 지금 또 이전에 낸 「도연명(陶淵明)」(명문당, 2002. 4)을 정정하고 보충하느라 그의 시를 많이 읽고 있기 때문일 것이다. 우리 집 근처의 분당은 깊은 산골짜기나 시골도 아니지만 옆에는 나무가 우거진 공원이 있고, 앞쪽에는 산이 있으며 둘레에는 밭도 있다. '원전(園田)'이라 불러도 좋을 곳이라 생각된다.

나는 도연명을 좋아하기는 하지만 이 세상이나 세상 사람들을 보는 눈은 전혀 그와 다르다. 그는 「귀원전거」의 첫째 시를 이렇게 읊기 시작하고 있다.

젊어서부터 속세에 어울리는 취향이 없고,
성격은 본시부터 산과 언덕 좋아했네.
먼지 그물 속에 잘못 떨어져
어언 30년의 세월 허송했네.

少無適俗韻, 性本愛邱山.

誤落塵網中, 一去三十年.

우선 도연명은 "젊어서부터 속세에 어울리는 취향이 없었다."고 했는데 나는 그렇지 않다. '속운(俗韻)'이란 '속된 운치(韻致)' '속된 세상의 풍조' 또는 '속된 세상의 취향' 같은 것이다. 나는 속된 세상을 좋아하고, 속된 사람들을 사랑하려고 애쓰고, 속된 세상을 위하는 삶을 살리라고 마음먹고 있다. 나는 속된 세상을 피해보려고 분당으로 이사 온 것은 아니다. 언제나 이 세상 사람들과 함께 이 세상 속에 살려고 마음먹고 있다.

다시 "성격은 본시부터 산과 언덕을 좋아했다."고 하였다. 그래서 시인 도연명은 일하던 곳을 떠나서 산과 언덕이 있는 '원전'으로 돌아와 숨어 살려고 마음먹은 것이다. 나는 산과 언덕뿐만이 아니라 강과 바다도 좋아하고, 논밭이 있는 농촌도 좋아하지만 사람들이 북적대는 도시도 좋아한다. 다만 바쁘게 일하다가 쉴 적에는 복잡한 도시보다는 한적한 산과 언덕 같은 곳을 더 좋아할 뿐이다. 산과 언덕을 찾아서 분당으로 이사를 온 것도 아니다.

끝으로 "먼지 그물 속에 잘못 떨어져" 30년의 세월을 허송하였다고 하였다. 여기의 '먼지 그물'은 보통 시인이 하기 싫은 벼슬을 한 것을 말한다고 풀이하고 있다. 나는 벼슬살이든 세상살이든 사람들의 생활환경을 '먼지 그물'이라 생각해본 일이 없다. 도연명은 먹고 살기 위하여 20대 후반부터 벼슬살이를 시작하여 고을의 좨주(祭酒)·진군(鎭軍)·참군(參軍) 등의 벼슬을 하다가 41세 때에는 팽택(彭澤)이란 고을의 수령(守令)이 되는데, 위에서 시찰을 하러 내려오자 "소인(小人)들에게 허리를 굽힐 수 없다."고 벼슬을 내던지고 유

명한 「귀거래혜사(歸去來兮辭)」를 읊조리며 원전으로 돌아
와 숨어 살았다 한다. 그는 팽택이란 고을에서도 관청의 밭
에 "술은 찹쌀술이 맛있으니 찰벼만 심으라."는 명령을 내렸
다 한다. 벼슬살이도 열심히 백성들을 위하여 하지 않았음이
분명하다. 그 자신은 30년이라 하였지만 벼슬 생활을 한 세
월은 20년 약간 넘는 기간이다. 그의 집안은 처자가 굶주릴
정도로 가난하기도 하였다. 나라면 절대로 한창 나이에 벼슬
을 내던지고 시골로 돌아오지는 않았을 것이다.

나와는 세상을 보는 눈이나 생활관이 이처럼 크게 다름에
도 불구하고 지저분한 세상을 등지고 '원전'으로 돌아와 어
려운 여건 속에서도 시를 짓고 술을 즐기면서 깨끗하게 산
시인이 무척 존경스럽다. 그의 소박하고 깨끗한 몸가짐에 내
마음이 끌린다. 그의 「귀원전거」 다섯 수 중 세 번째 시(其三)
를 아래에 소개한다.

남산 아래 콩을 심었더니,
풀만 무성하고 콩 싹은 드물다.
이른 새벽에 잡초 우거진 밭을 매고,
달과 함께 호미 메고 돌아온다.
길은 좁은데 초목이 더부룩하니,

저녁 이슬이 내 옷을 적신다.

옷 젖는 것은 아까울 것 없으니,

다만 바라는 일이나 뜻대로 되기를!

種豆南山下, 草盛豆苗稀.

侵晨理荒穢, 帶月荷鋤歸.

道狹草木長, 夕露沾我衣.

衣沾不足惜, 但使願無違.

　　중국의 학자 중에는 이 시의 제목 아래에 "소인(小人)은 많고 군자(君子)는 적음을 읊은 것"이라 해석하여 주(注)를 단 이가 있다. 그는 시 본문의 주에는 또 "전원에 콩을 심고 기르는 일은 잡초를 뽑아내고 매어주는 데에 달려있는 것처럼, 나라에서 현명한 사람을 쓰는 일은 소인들을 몰아내는 데에 달려있는 것과 같다는 것을 읊은 것이다."고도 말하고 있다. 그러나 이 시는 처음부터 끝까지 시인이 소박한 자기의 전원생활을 솔직히 그대로 노래한 것이라 보는 것이 옳을 것이다. 깨끗한 그의 생활이 손에 잡히는 것 같다. 세상을 보는 눈과 살아가는 방식은 전혀 다르지만 도연명의 이러한 소박하고 깨끗한 성격 때문에 나는 그를 좋아한다. 그리고 세상을 살아가는 방식은 전혀 다르면서도 분당으로 이사를 온 나의 생활도 '귀원전거'라고 표현하게 되는 것이다. 어떻든 '귀원전거'라고 표현할 수 있는 이런 곳을 찾아낸 아내의 안목이 대단하게 여겨진다.

2
농사짓기

아침 식전에 아내와 우리 아파트 앞쪽의 불곡산 골짜기에 있는 밭에 가서 추수하고 난 밭 정리를 조금하고 왔다. 우리 집에서 밭까지는 길 하나 건너지 않고 공원을 통하여 산으로 조금 올라가서 내려다보이는 골짜기에 있는데 대략 편도 20분 거리이다. 우리 부부는 거의 하루도 빼놓지 않고 일거리가 있든 없든 매일 가서 약 30분 동안 밭을 손질하고 온다. 밭에 가서 일을 한다기보다도 아침의 맑은 공기를 마시며 버려진 쓰레기도 줍고 가볍게 운동을 한다는 마음가짐으로 매일 집을 나선다.

그 밭은 나의 고등학교 3학년 때(1951년) 수학을 가르치시며 우리 반 담임을 맡으셨던 신 선생님 사모님께서 농사지어 오시던 곳이다. 2년 전에 선생님께서 이제는 나이가 많아 농사짓기가 힘드니 좀 도와달라고 내게 말씀하시어 첫 해는 도와드리려고 나가기 시작하였는데, 이제는 공동경작 형식으로 바뀌었고, 그 중 힘든 일은 우리 부부가 거의 도맡아야 할 형편이 되었다. 그러나 아침에 30분 가량 운동 삼아 하는 일이고, 일이 많은 때에도 한 시간 넘도록 밭일을 하는 경우는 별로 많지 않다. 다만 봄이 되어 밭을 전부 삽으로 파서 갈아엎을 적에는 옆에 살고 있는 사위와 막내아들 힘을 빌린다.

　내가 정년퇴직을 하고 분당으로 이사와 보니 선생님께서는 길 건너 바로 옆 불록의 푸른 마을 아파트에 살고 계셨다. 신현묵 선생님은 우리나라 토목공학계의 최고 원로이신데, 6·25 사변 때 고향으로 피란을 내려와서 내가 다니던 학교의 교편을 잡으셨던 것이다. 선생님께서는 1951년 일 년 동안 3학년이던 우리 반 담임을 맡으시고 그때 학생들이 가장 싫어하던 수학을 가르치셨다. 어찌나 열심히 수학을 가르치시는지 나는 선생님의 열의에 이끌리어 당시의 어지러운 세상에서는 아무 짝에도 쓸 곳이 없다고 생각되는 수학공부 만을 열심히 하였다. 그 덕분에 서울대학 입학시험에도 무난히 합격할 수 있었다. 또 하나 선생님을 통해서 무슨 일이나 성의를 다하여 열심히 하기만 하면 어떤 어려운 일이든 이룰수가 있고 다른 사람들도 따라오게 된다는 생활신조를 터득하게 되었다. 나는 국어나 영어 같은 과목도 학교 수업은 전혀 듣지 않고 자습으로 버티어 고3 때 우리를 가르친 선생님 중에 신 선생님 한 분 밖에 기억을 못하고 있는 비정상 학생이었으니 선생님의 은덕과 영향은 각별한 것일 수밖에 없다.

거의 2·3백 평은 됨직한 꽤 넓은 밭이다. 그 밭에서는 봄이 되면 상추, 열무 등 여러 가지 야채에서 시작하여 딸기, 오이, 가지, 토마토 따위가 연이어 생산된다. 우리는 여름동안이면 농약은 말할 것도 없고 화학비료 따위는 전혀 쓰지않은 우리 손으로 기른 청정야채를 주로 먹고 살게 된다. 특히 상추와 풋고추는 우리 두 식구가 다 소비할 수가 없어 이웃 여러 집에도 나누어주고 있다. 그리고 가을에는 꽤 많은양의 고구마와 토란을 수확하여 집안에 쌓아놓아 지금도 부자가 된 것 같은 기분을 만끽하고 있다.

그 밭은 산골짜기 중간에 있고 아래편에 동리가 있으나 그 밭과 동리 사이도 잣나무 숲이어서 밭에 괭이를 짚고 서 있으면 마치 깊은 산속에 와 있는 느낌이다. 인기척은 별로 들리지 않고 알지 못할 새 조잘대는 소리 사이로 간간히 꿩 소리며 산비둘기 울음소리 같은 것만이 들려온다. 땅에서 수확하는 야채 따위보다도 그런 환경 속에서 얻어지는 은사가 더욱 크다고 여겨진다. 땅을 파면서 땀을 흘려도 그 일이 노동이라고는 전혀 느껴지지 않는다.

그리고 이 밭농사를 하게 된 것보다도 더 기쁜 것은 이를 핑계로 선생님을 자주 뵐 수 있게 되었다는 것이다. 아침 식전에 밭에서 뵙게 되어 밭일을 간단히 함께 한 뒤 해장국 집이나 감자탕 집으로 가서 조반을 함께 하는 경우도 있지만, 오후에 전화를 걸어 저녁 약속을 하고 뵙게 되는 경우가 더 잦다. 선생님의 지난 일화며 세상 얘기를 듣는 것도 즐겁지만, 약주를 좋아하시어 상당히 긴 시간을 모시면서 아직도 내게 부족한 올바로 살아가는 방법을 터득할 수 있다는 것이 더욱 즐겁다.

선생님은 조반을 드시러 가서도 언제나 소주를 시킬 정도로 약주 애호가이시고, 드시는 실력은 아직도 소주 한 병은 거뜬한 듯하다. 대체로 저녁을 모시게 되면 둘이서 소주 세 병을 소비하여, 여러 번 사모님으로부터 둘이 만나기만 하면 술을 너무 마신다는 꾸중을 들었다. 선생님과 나 스스로도 우리 연령으로는 술을 너무 많이 마시는 것 같으니 양을 반으로 줄이자고 다짐하고 있는데, 아직껏 두 병 이하로 내려

가지는 못하고 있다.

옛날 어지러웠던 시절 시골의 고등학교에서 선생님을 뵙게 되었던 것은 큰 행운이었는데, 노년에 분당으로 이사를 와서 다시 선생님을 자주 모실 수 있게 된 것은 그보다도 더 큰 행운이다. 선생님으로부터 받은 은혜는 보답할 길이 없는데, 이곳으로 이사를 와서는 다시 농사를 손수 짓는 기쁨을 누리게 해주신 것이다. 선생님 덕분에 우리 부부는 건강도 자연스럽게 챙기면서 많은 기쁨도 누리게 되었다. 이런 은사님을 만난 나는 행운아일 수 밖에 없다. 고맙습니다, 선생님! 선생님 사모님! 내내 건강하십시오!

2004년 11월 6일

3
공원 산책

　　아침에 비가 오거나 비가 와서 땅이 젖어있는 날이면 산 쪽의 밭으로 가지 않고 아파트 뒤편으로 보이는 중앙공원으로 산책을 나간다. 다니는 길이 포장이 되어 있거나 벽돌이 깔려 있어 미끄럽지 않기 때문이다. 그러나 산으로 갈 적보다 늘 뭔가 모자라는 것 같은 느낌을 지니게 되는 것은 약간 달라진 산책길에서 하는 일 때문이리라. 산에 갈 적에는 아파트 주변이나 공원에 굴러다니는 잡돌을 두세 개 손에 주워들고 올라가서 빗물에 파인 길이나 적당한 곳을 메우고, 내려올 때에는 간혹 눈에 뜨이는 비닐 쓰레기나 빈 병 따위를 주워들고 와서 쓰레기통에 버린다. 산골짜기 밭 주변에는 특히 버려지는 비닐 쓰레기가 많다. 그러나 중앙공원으로 갈 적에는 돌을 버릴 마땅한 곳이 없어 굴러 다니는 잡돌이 간혹 눈에 들어와도 그대로 걸어가고, 쓰레기도 젖어있는 탓에 많은 경우 눈에 뜨인다 하더라도 그대로 지나치기 일쑤이다. 늘 하던 짓을 못하게 되는 것도 마음을 약간 허전하게 만드는 것 같다.

산 쪽이 더 좋은 까닭은 그 밖에 또 있다. 공기도 보다 더 맑게 느껴지고 풀과 나무가 더 싱싱하고 새와 다람쥐 청솔모도 더 많아 더욱 자연의 품 안에 안기는 기분이 든다. 오르내리는 길도 전혀 포장되지 않은 흙길이어서 걷는 기분이 보다 상쾌하다. 그보다도 지금은 길 위에 많은 낙엽이 떨어져 있어 낙엽을 밟고 걷는 정취는 독특하다. 특히 양편 모두 활엽수가 자라있는 산길은 완전히 낙엽으로 덮여 있어 풍성한 낙엽을 밟으며 걸어가노라면 자신이 완전히 주변의 자연 속으로 융해되어 나 자신도 완전한 자연의 한 구성요소가 된 것으로 여겨지게 된다. "낙엽 밟는 소리가 들리느냐?"고 소리쳤던 서양 시인의 정취를 이제야 공감하게 된 것 같다.

그러나 공원으로 들어가 보면 공원대로 또 다른 장점들이 있다. 무엇보다도 공원 안에는 산과 달리 적당한 크기의 호수가 있어 늘 또 다른 정취를 느끼게 한다. 『논어』를 보면 공자는 "지혜로운 사람은 물을 좋아하고, 어진 사람은 산을 좋아한다." 하였는데, 나는 물도 좋아하고 산도 좋아한다. 나는 공자의 말을 따라서 스스로 지혜롭고도 어진 사람이라고 착각하고 『논어』를 좋아하게 되어 일찌감치 『논어』를 번역했던 것은 아닐까 하고 다시 생각해 보게 된다. 호숫가에 서면 앞이 탁 트여있어 시원한 느낌을 갖게 되고 또 물은 아침의 상큼한 맛을 좀 더 세게 안겨준다. 가끔 분수가 호수 여기저기서 높이 솟아오를 적에는 마치 내 몸속의 더러움도 모두 함께 분출되는 것 같은 상쾌함이 느껴진다. 산속에 가면 가슴속이 깨끗해지는 것 같은 기분이 느껴지지만 호숫가에서는 가슴속이 트이고 넓어지는 것 같은 느낌을 갖게 된다. 그래서 지혜롭게도 되고 어질게도 되는가보다.

게다가 공원 속에는 낮은 산도 있어 평평한 땅을 가볍게 걷다가 산으로 올라갈 수도 있다. 일부 산책 구간은 큰 산 못지않게 나무가 우거지고 아름다운 곳도 있다. 다만 그 길이가 산보다는 짧아서 아쉬움이 느껴질 뿐이다.

또 한 가지 공원의 장점은 그곳에는 언제나 산책 나온 사람들이 있다는 것이다. 심지어 꽤 늦은 밤에 나가보아도 나처럼 산책을 즐기는 사람들이 있고, 비가 엄청나게 내리는 날 우산을 받쳐 들고 나가보아도 역시 우산을 들고 산책 나온 사람들이 있다. 산책하는 사람들 중에는 정답게 보이는 노부부가 있는가 하면, 사랑에 열을 올리는 듯이 보이는 젊은 남녀들도 있다. 가장 많은 사람들은 삼삼오오 친구들끼리 어울리어 바람 쐬러 나온 남녀노소의 친구들 그룹이다. 그러나 주말이 되면 아이들을 두셋 씩 데리고 나온 가족 단위의 산책객들이 상당히 많다. 어떤 사람들이건 간에 공원에서 산책 나온 사람들을 마주치거나 바라보면 나와 같은 사람이라는 정겨움과 즐거움이 느껴진다.

우리가 사는 아파트는 앞뒤가 탁 트여있다. 식탁이나 거실에 앉아서도 앞쪽으로는 불곡산 자락의 일부가 보이고, 뒤편으로는 중앙공원으로 이어지는 작은 공원과 그 저쪽의 큰 공원의 일부가 보인다. 집안에 앉아서도 매일매일 나무에 단풍이 들었다가 나뭇잎이 떨어지고 있는 계절의 변화를 감상할 수 있다. 그리고 지금 같은 늦은 가을철에는 아침 햇빛이 거실을 지나 식탁이 놓인 곳까지 뻗어 들어온다. 집을 나서면 길 하나 가로지르지도 않고 바로 공원으로 나가서 산 쪽으로 올라갈 수도 있고, 중앙공원으로 갈 수도 있다. 그 때문에 실은 비가 오건, 안 오건 가리지 않고 틈만 나면 공원으로 산으로 나가 쏘다니게 된다.

2004년 11월 13일

4
어머니와 나의 고향

일반적으로 어머니와 고향이란 말은 사람들의 가슴을 울리는 짙은 정이 엮여져 있는 낱말이다. 그러나 나는 어머니에 대해서도 그렇고 내가 태어나 자란 고향에 대하여도 각별한 정을 느끼지 못하고 있었다. 어머니도 나를 옛날부터 덤덤하게 대해 오셨지만 나도 어머니를 형식적으로 대우를 해 드렸다. 나는 부모, 형제 사이의 관계가 전반적으로 그러하다. 고향도 별로 그리운 정이 느껴지지 않는다. 첫째는 가족 관계가 그처럼 형편없다는 데에도 원인이 있겠지만, 내가 뛰놀며 자란 마을에 공장이 생기고 바로 위 동리에 충주댐이 생기어 고향 마을의 옛 모습이 완전히 파괴되어 버렸다는 데에도 원인이 있을 것이다. 내가 어릴 적에 나가서 미역 감고 놀던 아름다운 강과 언덕 모두 온 데 간대도 없다. 그러니 남들은 그립다고 하는 어머니와 고향을 그다지 찾아가고 싶어 하지 않는다. 그런데 이 어머니와 내 고향을 자주 찾아가도록 만들고 있는 사람이 내 아내이다.

나의 어머니께서는 나의 고향인 충주에 홀로 생존해 계신다. 이복동생이 모시고 있다고는 하지만 거의 홀로 계신 거나 같은 처지이다. 몇 번 어머니께 서울 와서 함께 사시자고 권해보았지만 어머니는 늘 서울의 아파트에서는 못살겠노라고 거절이시다. 우리 집에 오시더라도 3, 4일도 넘기지 못하고 다시 시골로 내려가신다. 이제껏 평생을 살아오신 동리에서 지인들과 어울리어 들판에도 나가시고 경로당과 교회에도 나가시는 생활을 바꾸기가 어려운 모양이다. 그런 생활을 바꾸지 않으셨기에 90대의 노인이면서도 아직껏 새벽기도를 한 번도 빼어먹은 일 없이 교회에 나가고 계실 정도로 건강한 게 아닐까 생각된다. 이 건강을 백수가 넘도록 유지해 주십사 하고 늘 기도를 드린다.

어머니가 시골에 계시기에 적어도 한 달에 두 번 이상은 어머니에게 다녀와야 한다고 마음으로 다짐하지만 그것도 뜻대로 되지 않는다. 특히 시골 마을의 교회 목사님과 교회 분들이 우리 어머님을 여러 가지로 잘 돌보아주고 있어서 교회에 그 고마운 뜻을 전해야 하는데 그것도 쉽지 않다. 되도록 주일에 가서 어머니와 함께 예배도 드리고 교회 분들을 뵙기라도 해야 한다고 마음으로는 생각하고 있다. 어머니도 내가 주일에 와서 함께 예배를 드리는 것을 가장 좋아하시는 것 같다. 이 때문에 내가 소속되어있는 서울의 교회 목사님께는 처음 교인으로 교회에 등록할 때부터 나는 주일도 제대로 지키지 못하는 불성실한 교인이 되는 수밖에 없는 사정을 말씀드리고 양해를 구해놓고 있다. 다행히 이곳 목사님은 고맙게도 전혀 상관 말고 주일에 시골 어머니 교회에 자주 가고 교회에 내는 연봇돈도 되도록 시골 교회에 가서 많이 내라는 당부 말씀까지 해 주셨다.

고향 충주에 어머님이 계시지만 내 자신 고향에 대한 정은 별로 깊지 않았다. 그러나 아내의 권유로 어머니를 뵈러 자주 가게 되는데, 아내는 어머니의 생활비와 용돈을 드리는 것을 비롯하여 기타 어머니를 돌보아드리는 일까지도 모두 스스로 맡아 처리하고 있다. 그러니 내 고향이라지만 언제나 내가 아내를 데리고 가는 것이 아니라, 내가 아내에게 끌리어 고향을 찾아다니고 있다. 아내가 가자는 권유를 뿌리칠 수가 없다. 아내 덕분에 나는 불효자가 되는 것을 면하고 있는 것 같다.

그런데 충주에는 아름다운 충주호가 있고 수안보 온천이 있다. 그리고 속리산으로부터 월악산으로 이어지는 보은으로부터 충주를 거쳐 단양까지 벌여져 있는 산과 산골짜기 및 강물은 이 세상에 다시없을 정도로 아름답고 깨끗하다. 그리고 서울로부터 자동차로 하루 왕복하거나 일박을 하면서 즐길 드라이브 코스로 적절한 거리에 모두 있다. 그 때문에 아내는 나보다도 나의 고향 충주 쪽으로 드라이브 하는 것을 좋아하여 자주 여러 가지 핑계를 대며 어머니를 뵈러 가자고 채근을 한다. 나는 못이기는 체 하며 아내의 뜻을 따른다.

우리 부부는 온천을 각별히 좋아한다. 옛날부터 나는 책을 한 가지 번역한다든가 힘든 논문을 완성하는 것 같은 한 가지 일이 끝나면, 곧 수안보 온천으로 달려가 온천탕에 몸을 담그고 피로를 풀었다. 감기가 들어도 약을 사 먹거나 병원에 가는 것보다도 온천에 가서 일박하는 쪽이 더 치료의 효험이 좋다고 여기고 있다. 그래서 나는 어머님을 뵈러 가는 것보다도 온천이 좋아서 충주에 가는 것이 아닌가 하는 약간의 죄책감을 느낀 적도 있다. 지금 와서는 온천욕도 나보다 아내 쪽이 더 좋아한다. 충주로부터 수안보 온천장으로 가는 도중에 냄새가 많이 나는 유황천인 문강온천이 있는데, 아내가 특히 이곳을 좋아하여 지금은 이 문강온천에 자주 가게 되었다.

아내는 분당에서 밭을 조금 맡아 농사를 짓기 시작하면서 특히 농촌을 좋아하게 되었다. 충주 근방을 드라이브 하면서 여러 농사짓는 집과 사귀게 되었고, 한 발자국 더 나아가 농산품 직거래를 중계하는 일을 자진하여 열심히 하기 시작하면서부터 시골을 더 자주 가보려 한다. 더구나 어머니를 찾아뵙는다는 구실까지 있으니 나도 싫지는 않지만 약간 일이 쌓여 있더라도 아내의 충주 가자는 권유를 뿌리치는 수가 없다.

그밖에 오랜만에 귀국한 친구가 국내여행을 하고자 하거나 가까운 친구들이 하루 이틀 드라이브를 하고자 하면 내가 반드시 안내하는 곳이 충주지방이다. 그 지역의 편안한 숙소와 특징이 있는 식당을 비교적 잘 알고 있어서 모두들 나와 함께 하는 드라이브를 좋아한다. 지금도 내가 앞장서는 하루 이틀의 여행을 하고 싶어 하는 친구들이 여러 명 있다. 실제로 나만큼 많은 직장 동료나 동리 친구들을 자기 고향에 여행 안내한 사람은 드물 것이라고 자부하고 있다.

그러나 먼 길을 차를 몰고 여행한다는 것은 그렇게 간단한 일이 아니다. 시간, 거리, 교통사정, 숙소, 식사 등에 모두 신경을 쓰지 않으면 안 된다. 그런데 충주를 다니는 자동차 길은 늘 서울로부터 경기도 광주를 거쳐 이천에 이르는 3번 국도로 시작한다. 이천으로부터 충주에 이르는 길은 3번 국도 이외에도 두세 종류의 고속도로와 새로 난 국도가 있다. 서울서 이천 사이에는 경부고속도로와 중부고속도로를 이용하는 길도 있으나 3번 국도를 이용하는 것보다 별로 빠르지 않아 이천까지는 늘 3번 국도를 이용한다.

아내 덕분에 분당으로 이사를 와 보니 3번 국도에 오르는 시간이 서울 시내에서 출발할 적보다 거의 30분이나 절약된다. 분당에서는 경계를 벗어나기만 하면 광주인데 서울 시내에 살 때에는 광주까지 오는 데에도 30분 이상의 시간이 걸렸다. 때문에 분당으로 이사를 온 뒤로는 어머니 찾아뵈러 가기가 무척 편리해졌다고 느껴진다. 거기에다 분당에 온 뒤로 이천에서 충주로 가는 이전의 3번 국도보다 훨씬 더 편리한 새 고속도로와 국도가 연이어 개통되어 생각만 해도 마음이 즐거워진다.

분당으로의 이사도 멀어져 가려는 나의 고향에 대한 정을 더 가까이 붙여준 것만 같다. 그리고 어머니를 조금이라도 더 쉽게 찾아뵐 수 있게 된 것으로 여겨진다. 오늘도 집사람

에게 일이 생기어 어머니 교회에 가지 못했지만 다음 주일에
는 거기 가서 예배보리라고 마음먹고 있다. 처음에는 아내가
어머니와 나의 고향 사이를 좁혀주더니, 이제는 아내 덕분
에 분당으로 이사를 와서 새로 정해 살고 있는 곳이 보다 더
어머니와 고향을 가까워지게 해 주고 있다는 생각이 들게
한다.

2005년 1월

5
친구들

　　나는 평소 만나는 친구들이 별로 많지 않다.
지난 50여 년 내가 해온 책 읽고 글 쓰는 일이 모두 나 홀로
나의 대부분의 시간을 나의 서재 속에서 보내게 되는 일인지
라 사귀는 사람이 많을 수가 없다. 더구나 여가에는 테니스
만을 열심히 쳐서 학교 친구 이외에는 제한된 테니스 친구들
이 있을 뿐이다. 그리고 하려는 일은 언제나 쌓여있어 다른
사람들과 어울리어 놀러 다닐 시간 여유가 없다고 생각하며
살아왔다. 심지어는 고향 친구들이나 소학교서 대학에 이르
는 동창들까지도 특별히 어울리는 사람들이 없었다.

그런데 분당으로 이사와 보니 같은 아파트와 바로 옆 마을에 오랜만에 만나는 고향 친구도 있고, 소학교와 대학의 동창도 있고, 또 이전 직장의 동료들도 있다. 테니스장에 나가서는 여러 가지 직업의 여러 모로 서로 다른 많은 친구들을 사귄다. 서울의 동리에서는 상상도 해보지 못했던 현상이다. 게다가 이들은 끼리끼리 일주일에 한 번 또는 한 달에 한 번씩 모임을 갖거나 또 수시로 연락하여 함께 어울리고 있다.

나는 자연히 이들에게 이끌리어 이런저런 친구들 모임에도 끼고 또 자주 이들과 어울리게 되었다. 이전 동료들과는 매주 목요일 오후 3시 반에 바로 옆 공원에 모여 우리 집에서 정면으로 바라보이는 불곡산을 등산하기로 하였다. 공원에서 출발하여 정상까지 갔다 오려면 대략 두 시간 정도의 시간이 걸린다. 산길을 걸으며 땀을 흘리고 나서 샤워를 하고 나면 정신도 맑아지고 몸도 가벼워진다. 샤워를 하고 나서는 다시 만나 저녁을 먹는데, 거의 매주 색다른 집을 찾아가고 식사 값은 돌려가며 내고 있다. 그리고 매월 끝 주일은 부부 동반의 모임으로 저녁을 즐긴다.

전공이 서로 다르고 평소에 어울리는 사람들이 서로 달라 함께 모이면 여러 사람들에 관한 소식과 여러 방면에 걸친 정보를 듣게 된다. 그리고 여러 방면에 걸쳐 지니고 있던 문제들을 상대방 전공을 따라 의논하여 많은 것을 해결하고 새로운 것을 배우게 된다.

우리 마을에 소학교 동창 한 명과 또 다른 고향 친구 한 명도 이사를 와 만나게 되었다. 수시로 공원이나 산을 산책하는 중에 이들 부부를 만나는데 언제나 오랜만에 만나는 것처럼 반가워하며 여기에서 우리가 이렇게 만나게 된 것은 축복이라면서 함께 기뻐한다. 그리고 고향 친구들과는 한 달에 한 번씩 부부 동반으로 모여 저녁을 먹으면서 환담을 한다. 여기에서 많은 고향 소식과 오랫동안 만나지 못하고 거의 잊고 있던 여러 친구들의 근황도 알게 된다. 그리고 근래에는 시간을 내어 함께 그다지 멀지 않은 곳을 택하여 자동차로 여행도 다녀오게 되었다.

어떤 누구보다도 더 자주 만나는 부부는 서울 시내에 살고 있을 적에 같은 아파트의 6층 대문을 마주 대하고 살던 부부이다. 우연히 다니는 교회도 같았고, 특히 우리 집사람과 그쪽 부인은 무슨 일을 하거나 늘 어울려 다니다시피 하였다. 우리는 집안일도 서로 도왔고 생일 같은 것조차도 서로 챙기며 축하해 주었다. 그 부부가 아파트 추첨에 당첨되어 먼저 분당으로 이사를 왔다. 아내가 나의 반대에도 불구하고 분당으로 이사 오려고 애쓴 큰 이유의 하나가 그 분들이 분당으로 이사했다는 것이었다. 결국 우리가 샛별마을로 이사를 하였는데, 얼마 뒤 그분들도 살던 아파트를 팔고 옆의 아파트로 이사를 와 다시 가까운 곳에 살게 되었다. 20년 전 부터의 이웃이 2, 3년 떨어져 있다가 다시 이웃이 된 것이다. 우리는 여유가 생기면 국내도 함께 여행을 하고 국외 여행까지도 함께 하고 있다. 이웃 4촌이라 했지만 4촌보다도 훨씬 더 가까운 이웃이다. 이들 부부와는 자주 만나는데, 특히 두 부인은 시도때도없이 만나서 어울려 다닌다. 이런 이웃을 가질 수 있는 곳이 달리 또 있을까?

근래에는 또 다른 분당에 와 살고 있는 퇴직한 학교 동료와 고향 친구를 만나 가끔 어울리게 되었고, 또 매우 가까운 동료가 새로 지은 아파트를 사가지고 이사를 왔다. 이들을 만날 시간에 쫓길 정도로 친구들이 늘어가고 있다. 분당으로 이사 온 뒤로는 만나는 친구들이 많아졌다. 이렇게 가까운 친구들이 한 마을에 늘어가고 있다는 것도 분당으로 이사와 누리게 된 축복임이 분명하다.

2005년 3월 17일

6
딸이 옆으로 이사 오다

　　우리 집 큰아이는 공대를 졸업하고 대학원
재학 시절에 가본 일이 있는 경상남도 진해 소재 국립 연구
기관의 시설에 끌리어 평생직장을 그곳으로 정하여 그는 나
로부터 멀리 떨어져 살고 있다. 몇 번 그의 직장을 서울로 옮
길 공작을 하여 보았으나 여러 가지 주변 여건이 옮겨서는
안 되는 사정이어서 이제는 단념하고 그대로 눌러 살게 두고
있다.

　그 아래가 딸인데 우연히 공대의 자기 오빠 동기생과 결혼
하였다. 처음엔 대전의 그의 전공과 관계되는 연구소에 근무

하여 그래도 그곳은 교통이 편리하고 서로 내왕도 잦아 비교적 자주 만날 수 있었다. 그들이 낳은 첫 딸 영경이가 내 다섯 명 손자 중 맏이인데, 나는 각별히 그놈과 동생 영현을 사랑하여 일부러 그들이 사는 유성을 자주 찾아갔었다. 그러던 중 I.M.F로 그곳 연구소가 정리되고 사위가 경상북도 동해가의 발전소로 직장이 옮겨졌다.

가끔 아들 손자들을 만나러 진해 쪽으로 가고 또 딸의 가족들을 만나러 동해 쪽으로 가는 재미도 있기는 하였다. 양편 모두 자동차로 거의 5시간 가까운 드라이브를 하여야 도착할 수 있는 거리이지만 가기만 하면 바닷가의 공기가 신선하고 풍경도 아름다워 언제나 가슴이 탁 트이는 기분이 든다. 게다가 두 곳 모두 가까이에 좋은 온천이 있어 우리가 즐기는 온천욕을 할 수가 있고 싱싱하고 맛있는 여러 가지 해물이 풍성하여 우리 부부는 그들을 찾아가는 여행을 무척 즐겼다. 그러나 이것은 한두 달에 한 번 정도 있는 일이라 성에 차지 않는다. 홀로 손자 놈들을 보고 싶어 마음이 편치 않을 적이 더 많다. 막내 부부가 막내 손자 한 놈을 데리고 우리 옆에 살고 있지만, 그 녀석들은 늘 보고 싶은 아들딸 가족들을 셈할 적에 매일 만나는 놈들이라 제쳐놓게 된다. 아침저녁을 가리지 않고 자기들끼리 밥 먹기 싫으면 또는 밥을 하기 싫으면 우리 집으로 몰려와 귀찮게 구는 일도 자주 있기 때문인 것 같다.

그러나 몇 일 전에 사위가 서울의 본사로 발령이 나서 우리 집 바로 옆으로 거처를 옮겨오게 되었다. 멀리 떨어져 사는 아들딸들 중 하나라도 가까이 끌어들이려는 집사람의 집념이 성과를 거둔 것이다. 본시 그들은 서울 시내의 회사에서 조합을 만들어 지은 아파트를 하나 샀었는데, 집사람이 딸 부부를 설복시키고 자기 자신이 뛰어다니면서 그 아파트를 팔고 다시 우리가 살고 있는 분당의 같은 아파트를 하나 사 주었다. 사위가 본사로 오게 되자 그들은 자연스럽게 우리 옆으로 이사 오게 된 것이다. 결과적으로는 그들에게 경제적으로 적지 않은 이익이 되어 천만다행이다.

집사람은 밤낮으로 딸을 불러 함께 쇼핑도 다니고 음식도 함께 만들어 먹고 무척 좋은 모양이다. 다행히 사위도 시골 회사 사택에 있을 적에는 꼭 차를 몰고 출근했는데 이곳으로 와서는 거리는 좀 멀어도 버스 한 번만 집 근처에서 타면 직장에 도착하게 됨으로 출퇴근이 더 편하고 좋다는 것이다. 나도 아침저녁으로 두 손녀를 만날 수 있게 되어 무엇보다도 행복하다. 막내아들 가족에 딸 가족까지 합쳐지니 일상 집안 식구들의 모임이 크게 법석거리게 되었다. 큰아들 놈 가족에게 미안한 마음이 들 적이 많다. 그들은 먼 곳에서 우리가 모여 놀고 있다는 소식을 듣고 무척 부러워하고 있을 것이다. 우리 집 근처로 그놈들까지 옮겨 오게 하는 수는 없을까?

2005년 7월 17일

7
병원 입원

정년퇴직 뒤에는 우리 부부의 건강검진을
역시 대학병원에서 근무를 하다가 정년퇴직을 하고 나와서
내과병원을 열고 있는 Dr. 박에게 의뢰하게 되었다. Dr. 박은
노인들의 건강을 돌보아주는 일을 병원 경영의 첫째 목표로
삼고 있어서 무척 바쁜데도 불구하고 필요할 적에는 친구와
후배들의 병원의 도움까지 받으면서 찾아오는 사람들의 건강
을 꼼꼼히 잘 보살펴 주었다. 정말로 인술을 행하는 분이다.
우리 부부는 병원이 좀 먼 거리에 있음에도 불구하고 일 년에
한 번씩 건강검진을 받았다. 우리의 건강을 자진하여 그토록

잘 보살펴주는 Dr. 박이 무척 고맙기만 하였다.

　그러는 중 한 번은 나의 밤잠과 배뇨의 습관 얘기를 듣더니 직접 자기 손가락을 넣어 배뇨기관을 검사해보고 나서 틀림없이 전립선비대증이 있으니 더 심해지기 전에 비뇨기과 병원에 가보라고 하면서 우리 동리에 있는 병원을 소개해 주었다. 비뇨기과 병원에 가보니 여러 가지 검사를 한 뒤 전립선비대증이라고 하면서 약을 처방해 주었다. 약을 먹자 훨씬 지내기가 편해져서 한두 달에 한 번씩 가서 검사를 받고 약 처방을 받았다. 그런데 약을 먹기 시작한지 일 년이 넘자 약의 부작용으로 몸에 가려움증이 생겼다. 심할 적에는 팔뚝이나 장딴지 같은데 수많은 돌출이 생기기도 하였다. 약을 바꾸면 얼마 동안은 괜찮다가 다시 증상이 재발하였다.

　신문에도 자주 나지만 그 병원에도 환자대기실 한 면의 벽에는 전립선비대증은 레이저 빔을 이용하여 간단히 수술한다고 선전광고가 붙어있다. 나는 그 사이 여러 번 의사에게 내게는 왜 수술을 해주지 않는가 하고 질문을 하면서 약을 장기 복용하는 것도 좋지 않게 느껴지니 가능하면 수술을 해달라고 요구하였다. 의사의 대답은 늘 이 약은 평생을 계속해 먹어도 괜찮은 약이고 당신의 증상은 수술이 매우 까다로운 형편이라는 것이다. 내가 이제는 약의 부작용도 생겼고 약을 먹기가 싫어졌으니 좀 까다로운 조건이라 하더라도 수술을 해 달라고 졸랐다. 결국 의사는 수술을 승낙한 다음 내과에 가서 몇 가지 검사를 받아가지고 오라는 당부를 하였다.

나는 내과병원으로 가서 담당의사에게 그 사이의 내 전립선 치료 경과를 우선 말씀드리고 수술을 하기로 결정하였다고 하였다. 그러자 그분은 아무래도 수술을 한다면 종합병원으로 가 보는 것이 좋을 것 같다고 하면서 바로 간호사에게 부탁하여 분당 서울대병원에 전화하여 예약까지 대신 해 주었다.

나는 예약된 날 분당 서울대병원 비뇨기과로 찾아갔다. 비뇨기과에 가보니 그 분야에서는 가장 명망이 높다고 생각되는 닥터 리가 반갑게 맞아 주었다. 닥터 리는 오래 전에 나와는 테니스도 함께 친 일이 있는 잘 아는 사이이고, 나는 그분이 서울대 연건동병원에 근무한다고 생각하고 있었기 때문에 더욱 반가웠다. 닥터 리는 내가 찾아간 연유를 들은 다음 몇 가지 검사를 하고 나서 수술밖에는 달리 치료방법은 없는 상태라고 단언하면서 바로 입원 날짜를 잡아주었다.

입원일은 2007년 1월 31일. 저녁부터 단식하고 관장을 한 다음 밤 12시부터는 물도 마시지 못하게 하였다. 다음 2월 1

일 오후 1시에 수술을 하기 위하여 먼저 마취실로 갔다. 먼저 국부 마취를 하려고 척추에 주사를 놓았으나 잘되지 않아 다시 시도해도 실패하자 결국 전신 마취를 하여 그 뒤로는 의식을 잃었다. 한참 뒤 회복실에서 의식을 되찾았다. 오후도 늦은 시간이 되어 있으니 수술이 간단치 않았던 것 아닐까 하는 생각이 들었다. 바로 입원실로 돌아와서는 수액을 계속 방광에 주입하여 요도로 피가 섞인 물을 쏟아내었다. 20분이면 물을 받는 그릇이 차서 그릇을 갈아야 하기 때문에 나와 함께 처는 잠도 제대로 못 자고 수술 받은 첫날밤을 보내었다. 어느 정도 시간이 지났을 적에 피가 섞여 나오지 않아 좋아졌다 생각하고 휴게실 쪽으로 산책을 하자 다시 피가 섞여 나왔다.

다음 날 아침 닥터 리는 회진을 와서 내 전립선 주변에서 돌을 수백 개나 꺼냈다는 거짓말 같은 설명을 곁들이면서 수술은 잘된 것 같다고 하였다. 그리고 수술한 범위가 넓으니 회복에 인내가 필요하다는 충고도 곁들이었다. 처는 수술한 내부를 씻어내는 물을 받는 그릇을 갈아 대느라 밤낮으로 제대로 쉬지를 못하였다. 물을 순환시키는 속도가 느리면 요기(尿氣) 때문에 괴로워 계속 물을 빨리 돌려 씻어내야 하였기 때문에 특히 힘들었다. 2월 4일이 되어서야 어느 정도 내 몸이 정상을 되찾아 가는 것 같았다.

하루 이틀 입원하면 되리라고 생각했던 것이 실제로는 2월 5일도 오후가 되어서야 겨우 퇴원할 수가 있었다. 그리고 나뿐만이 아니라 우리 가족 모두가 이번에 닥터 리의 수술을 받을 수 있었던 것은 큰 행운이라 믿었다. 힘은 좀 들었지만 수술을 참 잘 받았다고 생각되었기 때문이다. 그리고 며칠 동안의 입원을 통하여 실제로 고생을 많이 한 것은 나보다도 밤낮으로 한시도 빠지지 않고 나를 보살펴 준 내 아내이다.

본시 입원실은 2인실을 배정받았으나 정해진 시간이 되어도 내가 들어갈 침대의 환자 퇴원이 늦어지고 있어서 6인실로 들어갔다. 6인실은 양편으로 침대가 3개씩 놓여 있는데 나는 들어가면서 왼편의 중간 침대였다. 밤에도 거의 잠을 제대로 이루지 못하는 형편이라 오히려 방 안에 여러 사람들이 있는 것이 위안이 되기도 하였다. 내 옆의 문 앞 침대에는 경상도에서 올라온 비교적 복잡한 수술을 받은 환자가 있었는데, 병세가 중한지라 간병인을 두고 있었다. 간병인은 젊은 부인인데 간병에는 전문가라고 느껴졌다. 환자의 간병뿐만이 아니라 기회가 닿는 대로 병리에 대하여도 설명을 해주면서 퇴원을 하면 규칙적인 운동에 힘써야 한다고 당부를 하였다. 그리고 실내에서도 간단히 할 수 있는 운동 방법을 시

범을 보이면서 설명하기도 하였다. 그는 옆의 나에게까지도 가끔 신경을 써주었다. 그 부인을 보면서 정말 훌륭한 간병인도 있구나 하고 감탄을 하였다.

내가 입원하는 동안 크게 감복한 대상은 간호사들이다. 백의 천사라는 말이 진실이구나 하고 그들의 활동에 감복하였다. 대부분이 나이는 20을 갓 넘었을 젊은 처녀들. 그들은 밤낮을 가리지 않고 성가시게 구는 환자들도 적지 않았지만 눈살 한 번 찌푸리는 법 없이 성의를 다하여 환자들을 돌보아 주었다. 정말 간호사들은 내게 천사와 같은 위안이었다.

내가 사는 분당에 노인병 전문병원을 목표로 하는 서울대 분당병원이 있다는 것은 퇴직하고 분당으로 이사 온 나에게 큰 행운이라 여겨졌다. 그리고 이 병원 덕분에 몸 안에 들어 있던 돌을 수백 개나 빼버렸기 때문에 몸이 더 가벼워진 듯이 느껴지고 훨씬 더 건강해진 것만 같다.

2007년 7월

8
공원 산책 중에 만난 친구

나는 가끔 우리 집 앞의 공원을 산책한다. 특히 비 오는 날 아침이면 습성대로 밭에 나가 일을 할 수가 없어서 중앙공원 쪽으로 산책을 많이 나간다. 근래에 공원에 나가 새삼 발견하게 된 것은 우리 사회는 어지러운 중에도 우리가 잘 느끼지도 못하는 사이에 우리 행동이 조금씩 성숙해지고 있다는 것이다. 처음 분당으로 이사 왔을 적만 하더라도 공원에 나가보면 길가에 버려진 쓰레기나 종이가 상당히 많이 눈에 띄었다. 특히 많은 사람들이 가족과 함께 와서 놀고 간 주말을 지낸 월요일에는 매우 지저분하였다. 가끔 비닐 봉투를 들고 산책하며 주워보았지만 버려진 쓰레기를 깨끗이 다 줍는 수는 없었다. 근래에 와서는 산책을 나가도 주머니 속에 비닐 봉투를 넣고 나갈 필요가 없다. 공원 길거리에 별로 버려진 주울 쓰레기가 없기 때문이다. 이전에는 가끔 지나가던 사람이 쓰레기 줍는 나를 보고 "안녕하세요?" 하고 인사를 해주어 기분이 좋을 때가 있었다. 그리고 나 이외에 또 다른 쓰레기 줍는 산책 나온 사람을 발견했을 때에는 친구를 만난 것 같아 매우 상쾌한 기분을 즐길 수가 있었다. 그런데 근래에 와서는 그런 기회가 완전히 없어진 것이다. 이제는 길가에 종이쪽지 한두 개가 떨어져 있어도 저런 정도는 괜찮다고 여기고 산책만을 즐기고 있다. 저런 정도는 쓰레기가 떨어져 있어야 공원에도 청소하는 이들을 두어 공원도 좀 더 철저히 청소가 되고 그들도 먹고 살 일거리가 생기는 것이라고 생각하였다.

우리가 살고 있는 아파트로 여러 해 전에 집사람의 중학교 동창 부부가 이사를 왔다. 그들은 상업에 종사하던 사람들이라 나와는 취향이 다르리라 지레 짐작을 하고 처음에는 인사만 건성건성 건네면서 지냈다. 그러나 공원을 산책하면서 곧 집사람 동창의 남편은 공원에 나와 언제나 쓰레기를 줍는다는 것을 알게 되었다. 나는 쓰레기를 장갑 낀 손으로 대강 큰 것만을 줍는데 비하여 그는 비닐 봉투뿐만이 아니라 집게까지도 들고 나와 철저히 쓰레기를 줍고 있었다. 나는 비 오는 날 주로 공원으로 산책을 나가기 때문에 우산을 손에 들고는 특별한 경우가 아니면 잔 쓰레기 같은 것은 주울 엄두도 내지 않았다. 하루는 비가 좀 많이 오는 날 우산을 쓰고 공원으로 나가 산책을 하다가 우산을 쓰고 몸을 굽혀 쓰레기를 열심히 줍고 있는 한 사람을 발견하였다. 그날은 월요일이었던 듯 쓰레기가 상당히 많이 널려 있었으나 나는 주울 엄두도 못 내고 비 내리는 경치를 즐기고만 있었다. 가까이 가보니 그 사람은 바로 집사람의 중학교 동창 남편이었다. 나는 인사도 못하고 돌아서서 집으로 왔다. 그 친구 앞에 나타나기가 부끄럽게 느껴졌다. 그 뒤로도 그 친구가 비를 맞으면서도 쓰레기를 줍고 있는 모습을 몇 번 더 보았다.

나는 얼마 뒤 처를 졸라 그 친구 두 부부를 음식점에 초대하였다. 말로는 당신 중학교 동창 부부인데 한 동리에 살면서 너무 소원하게 지내고 있다는 핑계를 대었다. 실은 나는 말로 표현하지는 않았지만 그에게 은연중 존경심을 갖고 있었다. 따라서 나는 성의를 다하여 집사람의 주선대로 그 부부를 대접하였다. 그들 부부에게 내 성의가 통했는지 그들도 매우 즐거운 표정이었다. 곧 그들 부부가 반례라 하여 우리를 초청해 주어 그 뒤로 여러 번 어울리는 사이에 우리는 상당히 가까운 관계로 발전하였다.

그 뒤 우연히 만난 그의 친구로부터 들은 얘기이다. 옛날 서울 시내의 네거리에서 교통신호가 고장이 나서 지나가던 차들이 서로 앞 다투다가 뒤엉키어 교통이 마비된 일이 있었단다. 그때 교통순경이 나타나기도 전에 이 집사람의 동창 남편이 자기가 몰고 가던 차는 길가에 세워놓고 네거리 한복판으로 나가 호루라기를 입에 물고 차의 통행을 정리하여 교통을 소통케 하더라는 것이다. 때문에 그의 낡은 차에는 언제나 호루라기가 한 개 준비되어 있다는 것이다. 뒤에 그 친구의 차를 탈 기회가 있어 그에게 지금도 호루라기 갖고 다니느냐고 물으니, 그는 크게 웃으면서 근래 와서는 한 번도 써먹어본 일도 없는데 아직 버리지 못하고 있다고 대답하면서 호루라기를 꺼내어 보여주었다.

그를 보면서 나는 사람들 중에는 나면서부터 착하고 훌륭한 사람도 있는가 보다고 생각하였다. 그는 공부도 별로 많이 하지 않은 것 같은데 사람됨은 무척 훌륭하다. 그런 착하고 훌륭한 사람은 옆에 함께 있기만 하여도 마음이 따스하게 느껴진다. 한편 저런 심성을 가지고 옛날 험악한 세상 속에서 어떻게 장사를 하였을까 생각도 해 보았다. 우리 집사람

말로는 그들이 옛날 장사를 할 적에 장사 일은 늘 그의 부인
이 주도하였다고 한다. 그렇게 사람이 착한데도 이 험한 세
상에 경제적으로도 그다지 궁핍하지 않은 모양이니 무엇보
다도 다행이다. 속으로 장가를 잘 든 탓이 아닐까 하고 생각
해 보았다.

9
소학교 동창생

　　　　　　내가 사는 분당의 옆 아파트에 내 소학교 동
기동창생 박 군이 이사를 왔다. 서로 소식만은 어느 정도 알
고 지냈지만 수십 년만의 만남이니 얼마나 반가웠겠는가?
그들 부부는 함께 고향의 사범학교를 졸업했고 모두 교사 경
력도 있는 착실한 사람들이다. 박 군은 건강이 좋지 않아 병
원에 입원하여 큰 수술을 두어 번이나 받고 난 뒤라 처음 이
사 왔을 무렵에는 제대로 걷기도 어려운 정도의 허약한 몸이
었다. 그러나 이곳으로 이사를 온 뒤 규칙적인 운동을 애써
계속한 본인의 노력에다가 우리 동리의 자연환경도 좋은 탓

인지 건강이 빠른 속도로 회복되었다.

　그의 건강이 좋아진 뒤 우리는 우연히도 친구들의 권유로 함께 국제 로터리클럽의 같은 단위에 가입한 일이 있었다. 박 군은 오랫동안 큰 화장품 회사의 회장직에 있다가 퇴직한 지라 일반 사회에 대한 견식이 학계에서만 평생을 지낸 나보다 훨씬 넓어서 나의 사회활동에 많은 보탬을 주고 있다. 나는 서울로 나갈 적에 목적지에 따라 되도록 바로 집 옆을 지나가는 리무진 버스를 이용하고 있다. 그러나 자동차 운전을 좋아하고 아직도 걷기에 불편을 느끼는 박 군은 늘 자기 차를 직접 몰고 다녔기 때문에 로터리클럽 활동으로 시내를 함께 왕래하는 경우에는 내가 오히려 더 많이 박 군의 차를 얻어 탔다.

　박 군은 회사의 회장직에 있을 적부터 스스로 자동차 운전하기를 매우 좋아하여 주말이면 늘 전국을 누비고 다녔다고 한다. 건강이 더욱 좋아지면서 박 군 부부는 다시 자동차 여행을 시작하였다. 그들은 특히 설악산을 자주 다녀왔다. 우리 부부는 시간이 날 때면 고향 충주 근처를 중심으로 한 당일 코스의 드라이브를 주로 하였기 때문에 처음에는 박 군과 자동차 여행을 함께 하지 못하였다.

　우리 부부는 충주를 왕래하면서 충주뿐만이 아니라 충주

에서 가까운 음성과 제천의 농사짓는 사람들을 너덧 집 사귀었다. 사과, 복숭아 같은 과일을 비롯하여 옥수수를 사오고 고구마, 감자는 물론 고추와 무, 배추, 마늘과 함께 쌀과 잡곡을 모두 시골 농사짓는 사람들에게 가서 직접 사온다. 우리 부부가 먹을 것뿐만이 아니라 우리 아이들 것도 모두 사다가 준다. 점차 친구들에게도 우리가 사오는 시골의 곡식들이 매우 품질이 좋다는 사실이 소문나 집사람은 해마다 철따라 적지 않은 양의 농산품을 직접 농촌 생산자와 소비자들을 연결시켜주어 소비시키는 역할도 하게 되었다.

지금은 박 군의 건강이 매우 좋아져 걷고 활동하는 데에 별 지장이 없는 정도이다. 그러니 우리 여행에 박 군 부부가 무관심할 이가 없다. 그들은 곧 우리를 따라 당일치기 시골 여행을 하게 되었다. 특히 우리가 다니는 과수원집의 사과와 옥수수, 고구마 등은 우리보다도 그들이 더 좋아한다. 그 덕분에 근래는 오히려 박 군 부부가 우리에게 재촉하여 충주 근처로 과일이나 잡곡을 사러 간다는 핑계로 함께 자주 드라이브를 떠난다. 며칠 전에도 박 군 부부의 요구로 과수원집에 사과를 사러 갔다. 실은 전번에 사과를 사러 갔을 적에 제대로 수확한 판매용 사과는 이제는 다 팔고 없다고 하면서 그대로 깎아먹기에는 맛이 없으나 주스를 짜 먹을 수는 있는 거라고 하면서 보기에는 약간 시원찮은 사과를 한 보따리씩 과수원 주인으로부터 선물로 받은 일이 있다. 우리는 그 사과를 가져와 주스는 별로 짜 먹지 않고 대부분 그대로 깎아 먹었다. 그런 일이 있은 뒤 박 군 부인이 집사람에게 전화를 걸어 그 과수원에 아직도 주스 짜 먹을 사과는 남아 있는가, 남아있다면 한 상자에 얼마씩에 팔 것인가 물어보아 달라는 부탁이 왔다. 아내가 과수원에 연락해본 결과 아직도 좋지 않은 사과는 약간 남아있고 한 상자에 만원만 받겠다는 대답이었다. 박 군 부부는 즉시 그 사과 사러 가자고 졸라대어 다시 가서 그 좋지 않다는 사과를 사오게 된 것이다. 그들은 맛은 좀 떨어지지만 싱싱한 맛만은 다른 데서 나온 사과들이 따라오지 못할 정도이고, 값은 반값도 안 되게 싸니 얼마나 좋으냐는 것이다. 실은 우리도 동감이었다. 도중에 다른 농가에 들러 고구마도 10키로 그람짜리 두 상자씩 샀다.

박 군은 디젤 엔진 차를 한 대 갖고 있고 또 그 자신이 운전하기를 매우 좋아하여 되도록 자기의 디젤 자동차를 드라이브에 쓰려고 한다. 나는 그의 건강을 염려하여 되도록 내가 운전을 하려 하지만 그는 여간해서는 운전대를 나에게 넘겨주지 않는다. 우리 네 부부는 모두 운전을 하기 때문에 나의 차를 몰고 갔을 경우에는 나는 언제나 부인들에게도 일정

거리의 운전을 부탁한다. 어떻든 덕분에 우리 부부는 자주 편한 여행을 즐기면서 좋은 농산품을 사오고 있다. 우리와 충주 방면 여행을 시작한 뒤로는 박 군 부부도 설악산을 별로 가지 않게 되었다. 그리고 박 군의 부인은 우리 집사람과 친해져서 시장도 자주 함께 다니고 서울 나들이도 함께 한다. 동창인 우리는 일주일에 한 번 만나기도 힘든 형편인데 그들은 우리보다도 훨씬 자주 만나고 있다. 어떻든 좋은 일이다. 박 군의 건강이 계속 좋아지기를 간절히 빌 따름이다.

2008년 4월 1일

10
아이들 눈썰매 타는 것을 보면서

올해는 국책연구소에 연구원으로 근무하는 우리 집 큰아이에게 음력설을 전후하여 중요한 공무가 생기어 설을 쉴 수 없다는 바람에 양력설을 쉬기로 하였다. 큰아이는 양력 그믐 전날 아이들을 데리고 우리 집으로 설을 쉬러 왔는데, 그 전날 많은 눈이 내리고 날씨가 섭씨 영하 9도로 얼어붙는 바람에 온 세상이 아름다운 눈 세상으로 변하였다. 큰아이 가족은 새벽 6시에 출발하여 오전 11시 무렵에 우리 집에 도착하였다. 먼 거리를 눈 속에 차를 몰고 오는 것이 무척 걱정되었지만 다행히도 남쪽에는 눈이 오지 않아 오

는 길에 별 어려움은 없었다고 한다. 아이들은 소학교 5학년
과 3학년에 재학 중인 두 손자 녀석들이다. 이 녀석들은 지
친 기색도 없이 인사는 간단히 치루고 집 앞과 뒤쪽을 왔다
갔다 뛰어다니면서 창밖을 내다보더니 눈에 덮인 공원을 바
라보고 환성을 지르면서 할아버지에게 밖으로 놀러나가자고
재촉이다.

분당의 우리 집에서 내다보면 앞쪽으로는 공원으로부터
불곡산을 올라가는 등산길이 바라보이고, 뒤쪽으로는 이편
공원으로부터 넓은 중앙공원으로 이어지는 공원을 겸하는
길이 뻗어있다. 양편 모두 넓은 자동차 길 위에 중앙공원과
이쪽 작은 공원을 연결하기 위하여 그곳을 지나가는 오버패
스를 공원이 이어지고 있는 것처럼 보이도록 만들어 놓은 것
이다. 그 넓은 오버패스는 산 쪽으로는 중간에 넓은 길이 나
있고, 중앙공원 쪽으로는 양편으로 두 길이 나 있는데 상당
한 경사가 진 길이다. 그 길 양편으로는 노송 밭이 이어지고
있고, 두 길 중간에는 벚나무가 심겨져 있는 공원이나 다름
없는 아름다운 오버패스이다. 여기에 눈이 내리어 이 넓은
길이 멋진 소나무 숲 가운데의 눈썰매장으로 변해 있어서 수
많은 아이들이 몰려나와 눈썰매를 타고 있었다. 옆 동에 사
는 막내아들의 유치원생 막내 손자 녀석도 가세하여 썰매 타

러 나가자고 나에게 재촉이다. 이미 우리 집 창고에는 바로 옆에 살고 있는 고등학생과 중학생이 된 손녀들이 타던 썰매에서 시작하여 눈썰매가 다섯 개나 쌓여 있다. 손자 녀석들은 우리 집에 오기만 하면 누구보다도 할아버지와 함께 나가 운동장으로 가서 축구나 농구 같은 공놀이를 하거나 공원이나 산으로 가서 노는 일에 재미가 붙어 있다. 할아버지인 나도 손자들을 데리고 나가 함께 뛰어 노는 것은 운동도 되고 좋은 일이라 여겨져 함께 나가 노는 것이 버릇이 되어 있다. 나는 옷을 단단히 주워입고 세 녀석들에게 썰매를 하나씩 내주어 끌고 오도록 한 다음 그들을 데리고 밖으로 나갔다.

전에 손녀들이 썰매를 탈적에 나도 함께 타본 일이 있는데, 어른이 함께 타면 속력이 너무 빨라 위험하였다. 그리고 어른은 썰매를 타는 경우가 매우 드물다. 이에 산으로 올라가는 쪽 비탈길로 가서 손자 녀석들에게 너희들끼리 마음 내키는 대로 실컷 타라고 하였다. 여기저기 생긴 썰매장 중에서도 그곳이 미끄러져 내려오는 길의 너비가 가장 넓고, 길이도 가장 길고, 아이들도 가장 많이 나와 썰매를 타고 있었다. 나는 손자 녀석들이 썰매 위에 앉아 미끄러져 내려가는 것을 보면서 더 이상 아무것도 할 일이 없음을 알았다. 나는 홀로 눈이 쌓인 소나무 아래 잔디밭 위를 왔다갔다 거닐면서 아름다운 눈 덮인 풍경을 즐겼다. 내 발 아래 부서지는 흰 눈이 밟기 황공할 정도로 깨끗하고, 눈 내린 산을 가리키며 눈을 얹은 채 뻗어있는 소나무 가지는 이 깨끗하고 흠이 없는 자연을 잘 보고 있느냐고 내게 묻고 있는 것만 같았다. 몸도 가벼워지고 마음도 깨끗해진다.

한참 만에 썰매를 타고 있는 비탈길 쪽을 바라보아도 아이들의 노는 모습은 여전하다. 썰매를 엎드려 타기도 하고, 앉아서 타기도 하고, 둘이서 함께 타는 녀석도 있다. 한참을 두고 보아도 아이들은 전혀 지치지도 않는 모양이다. 모두가 조금도 쉬지 않고 미끄러져 내려갔다가는 다시 썰매를 끌고 올라오는 일을 되풀이하고 있다. 그들을 바라보고 있노라면 나도 아이가 되어 그들과 함께 썰매를 타고 있는 것 같은 착각이 들기도 한다. 아이들의 썰매가 어쩌다가 옆으로 미끄러져 내려갈 적에는 사고가 날까 하여 내 마음도 따라서 움찔움찔한다. 아이들은 잘못 미끄러져 눈 위에 썰매와 함께 뒹굴면서도 환성을 지른다. 위험을 느끼는 것은 보고 있는 어른뿐이다.

가만히 서서 구경을 하고 있자니 추위가 느껴져 나는 썰매타는 곳을 떠나 추위를 쫓을 겸 산자락의 작은 정자가 있는 곳까지 걸어 올라가며 주변 풍경을 즐겼다. 눈은 어쩌면 이토록 희고 깨끗한가! 산에, 나무에 눈이 덮이니 아름다움은 말로 표현할 수도 없다. 산새들도 산 풍경이 아름다워 추위에도 불구하고 날아다니면서 지저귀고 있는 것 같다. 산책을 하다가 한참 만에 돌아왔지만 아이들은 집으로 들어갈 생각이 전혀 없다. 어른들에게만 추운 날씨이지 아이들에게는 조금도 춥지 않은 좋은 날씨이다. 나는 어찌 하는 수가 없어서 홀로 먼저 집으로 들어와 다시 아들을 썰매 타고 있는 곳으로 내보내어 적당한 시기에 그들을 데리고 들어오도록 하였다.

집사람은 점심을 준비해놓고 아이들이 배고프겠다고 법석이었다. 그러나 아이들은 점심시간이 훨씬 지나서야 끌려 들어오면서도 아직도 썰매타기가 미진한 모양이었다. 사는 집 앞뒤로 이처럼 멋진 자연 썰매장이 있다니 정말 좋은 일이다. 아이들보다도 썰매도 타지 않는 내가 더 즐겁다.

2010년 1월 2일

11
신현묵 선생님의 이사

은사 신현묵 선생님이 이사를 가셨다. 처음 내가 분당으로 이사 왔을 적에 선생님은 우리 동리 바로 옆 푸른 마을 아파트에 사셨다. 우리 집을 나와 길 하나만 건너면 되는 곳이었음으로 선생님을 가까이 모시게 된 것이 무척 기뻤다. 선생님이 가까운 곳에 계시다는 사실 만으로도 분당으로 이사 온 것이 행운이라 여겨졌다. 선생님 댁도 언제나 쉽사리 방문할 수 있었고 선생님을 자주 뵙고 식사를 하며 함께 약주도 즐기면서 여러 가지 세상 일에 관한 선생님 말씀도 들을 수 있었다.

더구나 선생님이 부치시던 밭을 함께 경작하게 된 것은 무엇보다도 우리 부부에게 즐거운 일이었다. 그 밭은 집을 나서서 찻길 하나 건너지 않고 공원 가운데 길을 통하여 야산으로 약간 올라간 뒤 아래쪽을 내려다 볼 때 나무숲 사이 골짜기에 펼쳐져 있는 밭 한가운데 자리 잡고 있다. 우리 집으로부터 걸어서 20분 걸리는 거리, 밭에 가서 50 분 정도 일을 하고 집에 돌아오면 1시간 반 정도 시간이 소요된다. 밭 아래쪽에 마을이 있지만 중간에 숲이 우거져 있어 밭에 괭이를 들고 서 있으면 마치 강원도 깊은 산골짜기에 있는 것 같은 느낌이 든다. 사방에서 들려오는 새소리는 온 몸에 상큼한 생명의 기운을 불어넣어 준다. 이 밭을 경작하는 덕분에 우리 집에서는 봄부터 가을에 이르는 기간에는 농약은 전혀 구경도 못한 정말로 청정한 채소를 먹고 지낸다. 비 오는 날까지도 거의 빼놓지 않고 매일 밭에 한 번씩 나가는 일과는 우리 부부에게 꼭 알맞은 운동도 되어주는 것 같다. 더구나 밭에서 선생님 부부를 만나 함께 일하고 소주도 한 잔 하면서 식사하는 기쁨은 이루 다 형언할 수가 없다.

그러다가 얼마 뒤에 선생님은 우연히 분당의 약간 거리가 떨어져 있는 곳에 새 주상복합 아파트를 사 가지고 이사를 가셨다. 우리가 경작하는 밭에 걸어서 오실 수가 없는 거리이다. 전에는 일주일에 선생님을 두세 번 뵈었는데 그 뒤로는 한 달에 두세 번 뵙기가 어렵게 되었다. 밭에도 자주 나오지 못하게 되시어 이때부터 모든 밭일을 내가 책임져야만 하게 되었다. 이렇게 몇 달이 지나는 중에 선생님을 가끔 뵈올 때마다 느껴지는 것은 연로하신 탓도 있지만 건강이 나빠지고 있다는 것이었다. 우선 드시는 약주의 양이 줄었다. 전에는 둘이서 소주 두 병으로 술자리를 끝내기가 어려웠는데 모르는 사이에 한 병으로 양이 줄었다. 그리고 새로 이사 간 아파트가 출입도 불편하고 이전보다 산책을 하기에도 주변이 이전에 비하여 아주 불편하다고 하셨다. 내가 가 보아도 그 고층의 주상복합 아파트는 출입구부터 한층 더 현대화 되어 있어 노인들이 생활하기에는 오히려 이전 아파트보다도 여러 면에서 더 불편할 것 같았다.

그런 중에 또 사모님이 홀로 시내로 가서 생활하시게 되었다. 서울 시내에도 돌보아야 할 건물이 하나 있어 전에는 다른 사람에게 관리를 맡겼으나 사모님께서 직접 돌보기로 하셨다고 한다. 그로부터 선생님의 기력은 더욱 쇠하시는 것 같은 느낌이 들었다. 선생님을 뵈올 적마다 약주를 조금 들어도 더 취하게 되시는 것 같았고 발걸음도 훨씬 더 무거워지신 것 같았다. 선생님은 매 끼를 홀로 집을 나와 사 드시는

데 혼자 사먹는 음식은 정말 맛이 없다고 불평이셨다. 그때마다 나는 사모님께로 가서서 함께 지내시라고 말씀드렸다.

얼마 뒤 선생님은 완전히 짐을 싸들고 시내 사모님이 계신 곳으로 이사를 하셨다. 그 뒤로는 선생님을 뵙기가 어렵게 되었다. 시내로 가셔서는 더 노쇠하신 것 같은 느낌이다. 이제는 자동차 운전도 못한다고 하신다. 거기에다 이전과는 달리 전화를 걸어도 잘 들리지 않는다고 하면서 직접 전화를 받지 않게 되셨다. 잘 들리지 않으니 할 말 있으면 사모님께 하라면서 수화기를 사모님께 돌려드린다. 그 순간 나도 모르게 가슴이 쓰려온다. 그러다 보니 이제는 전화도 별로 걸지 않는 실정이 되었다.

어쩌다가 친구나 아이들과 어울리어 식당에 가서 반주로 소주를 마실 때마다 선생님 모습이 떠오른다. 선생님께서 그대로 여기 가까운 곳에 계셨더라면 이 소주를 마시는 일이 얼마나 즐거울까 하고 무척 아쉽다. 지금 우리 부부는, 우리 능력에는 부치는 너비의 밭을 둘이서 경작하고 있다. 우리에게 힘겨운데도 군소리 없이 이 밭을 붙들고 버티는 것은 곧 다시 선생님이 분당으로 돌아오시기 바라서이다. 우리도 선생님께 다시 분당으로 오시라고 기회 있을 때마다 말씀드리고 있는데, 선생님께서도 분당을 좋아하시기 때문이다.

선생님이 사시던 푸른 마을을 지날 때나, 밭에 나가 일하고 내려오다가 맥주로 갈증을 먼저 달랠 때면 선생님 생각이 나면서 마음 한구석이 허전하다. 더구나 이곳을 떠나가면서 건강이 이전만 아주 못해진 것 같아서 더욱 안타깝다. 분당 푸른 마을 아파트에 그대로 계셨더라면 나도 더 행복하려니와 선생님도 훨씬 더 건강하실 것만 같았기 때문이다.

선생님은 이사하시기 얼마 전부터 가족의 권고로 천주교회를 나가기 시작하였다. 영세를 받기 위한 교육을 받느라 바쁘다면서 한동안 외출도 삼가시었다. 영세를 받으시는 날에는 우리 부부도 성당에 가보려고 하였으나 선생님께서 아직 쑥스러우니 오지 말라고 하시어 가서 함께 축하를 드리지는 못하였다. 이제는 신앙생활에도 익숙하여지셨으리라 믿는다. 앞으로 천주님에 의지하여 더욱 행복하시고 건강하시기만을 간절히 빈다.

2010년 12월 2일

12

김 권사 작고

그저께(12월 8일) 우리와 형제보다도 더 가깝게 지내던 90세의 김 권사가 작고하셨다. 우리는 서울에서 아시아 올림픽이 열렸던 다음 해인 1987년 봄 잠실의 아시아 선수촌 아파트를 사서 이사를 하였다. 우리 집은 6층의 601호였는데 같은 6층의 현관을 마주 대하고 있는 602호가 김 권사네 집이었다. 우리는 그때 막 압구정동에 있는 광림교회에 나가기 시작하여 교회 분위기에 익숙지 못할 때였는데 마침 김 권사 댁 대문에 광림교회 스티커가 붙어있었다. 우리 부부는 바로 앞집을 방문하여 인사를 드리고 특히 신앙

생활을 잘 이끌어달라고 부탁하였다. 김 권사 부부도 우리를 반갑게 맞아주면서 여러 가지 좋은 얘기를 하여주었다. 이렇게 해서 우리 두 집의 교류는 시작되었다.

김 권사는 연세가 나보다 훨씬 위여서 큰형님 같은 느낌이었다. 그러나 부인인 박 권사는 연세가 16년 아래여서 마침 우리 집사람과 동갑이었다. 남자들보다도 여자들의 우정이 급속도로 발전하였다. 우리는 교회도 함께 나갔지만 자주 함께 놀러 가기도 하였다. 특히 나는 고향 충주 쪽으로 자주 드라이브를 갔는데 많은 경우 그분들을 차 뒷자리에 모시고 갔다. 우리 두 가족만이 자유롭게 하와이 여행을 한 일도 있다. 여자들은 쇼핑도 함께 하면서 거의 매일 함께 어울려 다니는 꼴이었다. 우리가 묵은 호텔은 와이키키 해변에 있었는데, 두 여인들은 알라모아나라는 거대한 쇼핑센터로 시내버스를 타고 자주 쇼핑을 갔다. 나는 렌트한 자동차 운전사 노릇과 짐꾼 노릇을 하면서 거의 홀로 바닷물에 들어가 놀아야 하였지만 자유로이 여기저기 구경할 수 있었던 하와이 여행은 매우 즐거웠다.

내가 학교를 정년퇴직하기 직전에 김 권사네는 분당에 새로 지은 아파트를 사가지고 이사를 갔다. 내가 1999년에 퇴직을 하자, 집사람은 기다렸다는 듯이 분당으로 이사를 가자고 졸라대기 시작하였다. 집사람은 새로 이사 간 김 권사의 분당 아파트로 나를 데리고 가 구경시키면서 분당의 장점을 설명하며 나를 설복시키려 들었다. 말할 것도 없이 그들 부부도 서울에 살지 말고 그곳으로 이사를 오라고 강권이었다. 결국 나는 퇴직한 다음 해에 아내의 강권에 두 손을 들고 분당으로 이사를 왔다. 우리가 분당에서 고른 아파트는 샛별마을에 있다. 김 권사 부부는 양지마을에 있는 아파트였는데, 우리가 샛별마을로 이사를 가자 그 아파트를 팔고 우리가 살고 있는 마을로 이사를 왔다. 그것도 우리와 같은 아파트의 같은 310동이었다. 다시 몇 해 뒤 시골에 살던 우리 딸이 남편의 직장을 따라 서울로 옮겨오게 되자 그 집은 우리 딸에게 팔고 옆 311동에 사놓았던 아파트로 옮겨가 지금까지 지내고 있다. 우리는 서로의 집안 사정까지도 실제로 친형제들보다도 더 잘 알고 지내고 있다.

김 권사 부부는 착실한 기독교 신앙인이며 착한 사람들이다. 김 권사는 점잖으면서도 모든 일 처리가 확실하다. 부인 박 권사는 남을 배려하는 마음이 매우 넓다. 그분들을 아는 모든 사람들이 그분들을 좋아하고 있는 것 같다.

사람은 누구나 결국은 죽게 된다. 그런데 착한 사람은 죽음도 복되게 맞는 것 같다. 김 권사는 평소에 매우 건강히 지내왔는데 갑자기 몸에 이상이 생기어 집에서 치료를 받다가 10여 일 전부터 곡기를 끊게 되자 부득이 입원을 하였다. 집에서 치료하는 동안 박 권사는 남편을 위하여 정성을 다하여 매일 그 모습을 보는 우리 집사람을 감동시켰다. 두 아들이 모두 미국에 살고 있는데 아버지가 입원하였다는 소식을 듣고 손자들까지 데리고 며칠 전에 귀국하였다. 따님은 서울에 살고 있다. 김 권사는 해외의 직계 자손들까지 다 모인 다음 모든 준비를 할 수 있도록 하여 놓고 작고하신 것이다. 역시 복 있는 사람의 죽음이라고 여겨진다. 나는 매일 집사람을 따라 빈소에 한 번씩 얼굴을 내밀었으나 장례 날에는 오래 전에 약속된 강의가 있어서 일찍이 장례예배에만 참석한 뒤, 장례 행렬이 병원 영안실을 떠나는 것만을 바라보며 전송하고 돌아왔다. 부인 박 권사는 너무 외로움 느끼지 말고 잘 살아가고, 돌아가신 김 권사는 명복을 누리기를 간절히 빌 따름이다.

김 권사님! 중국 송(宋)대의 시인 진사도(陳師道)의 「이녀의 기박한 운명(妾薄命)」이란 시를 하나 번역 소개하겠습니다. 저 세상에서라도 박 권사님의 외롭고 쓸쓸한 모습 생각하시면서 늘 돌보아드리기를 바라는 마음에서 고른 시입니다.

낙엽이 지는데 바람은 잠잠하고,

산은 고요한데 꽃만이 붉구나.

늙기도 전에 세상 버리셨으니,

내게 사랑 끝까지 베푸시지 못하셨네요.

한번 죽는 것은 그래도 참을 수 있을 터인데,

평생을 이렇게 어찌 견디나요?

하늘과 땅은 넓기만 한데도,

이 몸 하나 용납되지 않는 것 같네요.

돌아가신 이가 알아주기만 한다면,

죽어서라도 당신 따르련만!

옛날 함께 즐기던 곳에선

밤비 속에 싸늘한 귀뚜라미소리만이 나네요.

낙 엽 풍 불 기　　산 공 화 자 홍
落葉風不起,　山空花自紅.

연 세 불 대 로　　혜 첩 무 기 종
捐世不待老,　惠妾無其終.

일 사 상 가 인　　백 세 하 당 궁
一死尙可忍,　百歲何當窮?

천 지 개 불 관　　첩 신 자 불 용
天地豈不寬,　妾身自不容.

사 자 여 유 지　　쇄 신 이 상 종
死者如有知,　殺身以相從.

향 내 가 무 지　　야 우 명 한 공
向來歌舞地,　夜雨鳴寒蛩.

　　제목을 「이녀의 기박한 운명」이라 옮겼지만 「첩박명(妾薄命)」은 옛날 악부시(樂府詩)의 곡명입니다. 여인이 먼저 가버린 남편을 잊지 못하고 흠모하는 노래이지요. 김 권사님이 떠나가고 없는 지금 박 권사는 의지할 곳을 잃고 세상에 자기 한 몸을 둘 곳도 없게 된 것처럼 생각하고 있을 겁니다. 옛날에는 즐거운 나날을 보냈는데 지금은 밤비 속에 귀뚜라미소리가 들려오면 외로운 마음 더욱 슬퍼질 것입니다.

2010년 12월 11일

13
연세대 출강 회고

　　나는 서울대 중문과에서 정년퇴직을 한 뒤 2년 동안 서울대 강의를 맡는 한편 다른 대학 강사로도 출강하게 되었다. 특히 중앙대학 연극영화과 대학원의 중국희곡 강의는 학생들의 호응이 좋아 재미가 있었다. 그러던 차에 2001년 2학기에 연세대학에서 중국문화에 관한 교양강좌를 하나 맡아달라고 하면서 특별초빙교수란 명목으로 불러주었다. 그 제의를 수락하고 학교에 나가보니 나 이외에 서울대 불문과 출신의 박이문 교수와 가야금 명인으로 이름이 난 황병기 교수, 연세대학 출신으로 여러 곳의 한국대사를 역임했

다는 김승호 교수까지 모두 4명이 특별초빙교수로 나오게
되어 있었다. 연세대 총장을 만나 뵙고, 이는 연세대학 교양
강좌를 혁신해 보려는 의욕에 찬 새로운 시도임을 알게 되었
다. 강의는 전교생에게 개방되었고 청강 학생 수는 배정된
교실 크기에 따라 정해졌다.

나는 우선 강의 제목을 「중국문화와 사상」으로 정하였다.
본시 계획은 일 년 마다 강의 제목을 「한자와 중국문화」·
「희곡과 중국문화」 또는 「중국문학과 사상」 등으로 바꾸어
갈 예정이었으나 실제로 학교 규정에 강의 제목을 바꾸려 한
다면 미리 달라진 강의계획서를 내고 번잡한 수속을 하여야
하였음으로 그 뒤로도 내내 강의 제목은 바꾸지 않고 강의
내용만을 실제로 거의 매 학기마다 조금씩 바꾸었다.

강의는 한 강좌 3시간이다. 연세대 규정은 3시간 강의를
반드시 2시간과 1시간 따로 떼어 강의하기로 되어있다고 하
며, 한 주일에 이틀 나와 달라고 요구해 왔으나 나는 집이 먼
분당이라 그럴 수 없다고 거절하여 결국 하루에 3시간 연속
강의를 하기로 하였다. 분당으로부터 연세대까지는 승용차
로 1시간이 넘게 걸리는 거리인데 낮 동안에는 길이 막히는
경우가 많아 학교에 부탁하여 강의시간을 계속 오전 9시부
터 12시까지로 잡았다. 나는 이때 비로소 우리 국민이 매우

근면하다는 것을 깨달았다. 아침 7시에서 5분만 늦어도 판교에서 서울 시내로 향하는 고속도로에 차가 꽉 들어차 밀리기 시작하였다. 그러니 조반을 제대로 먹지 못하더라도 7시 이전에 집을 나서야만 하였다. 집에서 7시 이전에 나와야 연세대까지 시원스럽게 막히지 않고 갈 수 있게 된다. 다행히 학교에서는 방을 한 칸 내주어 8시에 일찍 도착하여 커피를 마시며 강의준비도 한 다음 9시에 강의실에 들어가면 안성맞춤이었다. 강의 시간도 이르고 또 3시간 연속강의라서 청강학생들이 적으면 어찌하나 걱정을 하였으나 뒤에 들으니 다행히도 학생들 사이에는 이 강의를 들으려고 경쟁이 치열하다고 하였다.

10명 안팎의 학생들을 상대로 전공과목만을 강의해 오다가 많은 학생들을 상대로 이제껏 내가 공부하면서 접해온 중국 문화와 사상을 광범하게 내 나름대로 자유롭게 정리하고 해석하면서 강의를 해보니 느낌이 새롭고 신이 났다. 강의준비를 위하여 공자, 노자를 비롯하여 주희(朱熹)에 이르는 역대 사상가를 새로운 각도에서 비판하고 중국 역대의 문화현상을 새롭게 해석해 보는 일 등이 재미도 났다. 전공강의와는 달리 학생들의 반응도 눈에 띄도록 확실하여 좋았다.

특히 연세대와 가까운 서강대학의 김근 교수와 이화여대

의 정재서 교수를 만난 길에 내 강의에 특별초청강의를 하여 달라고 어려운 부탁을 하니, 두 분 모두 보수엔 상관 않고 흔쾌히 승낙하였다. 처음에는 학기 초에 김근 교수가 「한자와 중국문화」를 주제로 강의를 하고, 학기 말에는 정재서 교수가 「중국신화와 도가사상」을 주제로 강의를 해 주었는데, 학생들의 반응이 매우 좋았다. 여러 해 강의를 부탁하다 보니 너무 미안하여 뒤에는 제1학기에는 김근 교수, 제2학기에는 정재서 교수에게 특별초청강의를 부탁하였다. 내 강의에 대한 평가는 이분들 강의의 덕분으로 매우 좋았다.

학교에서는 조교도 한 명 배정해 주었는데, 그들은 출석 결석의 체크 뿐만이 아니라 강의 진행에도 여러 가지 기기의 사용에 착실한 도움을 주었다. 청강 학생들도 매우 잘 따라 주었고 밖의 모임에서도 이제는 서울대학이 아니라 연대에서 강의를 들었다는 친구들을 몇 명 만났다. 그리고 내 강의의 첫 학기 수강생 중에 지금까지도 연락을 해오는 학생이 있다.

퇴직한 지도 10년 가까이 되자 기력이 줄어드는 느낌이 들었다. 강의는 오전 9시에 시작하여 중간에 10분씩 두 번 쉬고 대체로 12시에 끝맺었다. 그리고는 대체로 교직원 식당으로 가 점심을 먹은 다음 커피를 한 잔 마시며 쉬었다가 차를 몰고 집으로 돌아왔다. 그런데 2008년이 되면서 점심을 먹고 연세대 동문을 나와 광화문을 들어섰을 때 차가 밀리기 시작하면 식곤증과 피로를 한꺼번에 느끼는 일이 많아졌다. 나는 이런 정신상태가 차 사고를 내게 한다고 생각하면서 이제는 대학 강의를 그만두어야겠다고 마음먹었다.

10년 가까운 세월 강의를 하였으니 그 흔적이라도 남겨야 되겠다고 마음먹고 연세대 출판부에 연락하여 이제껏 정리해 놓은 강의노트의 출판을 의뢰하였다. 출판부에서는 강의 원고를 검토한 다음, 그 책의 출판을 쾌히 승낙해 주어 바로 원고를 출판부에 넘겼다. 책의 표제는『장안과 북경―중국의 정치·문화와 문학·사상의 앞뒷면―』이었다. 크라운판 483페이지에 달하는 적지 않은 분량의 책인데 출판부의 신 여사가 맡아 책을 잘 만들어 주었다. 이 책에는 나의 중국 역사와 문화 및 사상에 대한 독특한 해석뿐만이 아니라 이전보다 넓은 시야에서 전공인 중국 고전문학을 바라보아 새로워진 견해 같은 것도 정리되어 있다. 책은 2009년 9월에 출판되었는데, 책이 나온 다음 신 여사도 연세대 출판부를 그만두었고 나도 연세대 강의를 그만 접었다. 실은 새로 뽑힌 총장이 교양강의에는 전혀 관심이 없었기 때문에 나뿐만 아니라 나와 함께 특별초빙교수로 부임했던 분들 모두가 그만두었다.

나는 연세대를 그만두면서 다시 중국어문학회와 중국어중국문학회 및 중국학회의 추천으로 대한민국 학술원 회원이 되었다. 중국어문학계의 유일한 회원이기 때문에 각별히 큰 책임감을 느끼게 된다. 여하튼 연세대 덕분에 정년퇴직 후의 근 10년간을 보다 활기차게 보낼 수가 있었다. 그리고 『장안과 북경』이란 책을 이룰 수 있는 기회를 갖게 되었던 것도 큰 행운이라고 생각한다. 이런 좋은 기회를 마련해 준 연세대에 진심으로 감사를 드린다.

2011년 1월 8일

14
아내와 농사짓는 일

어제 저녁 무렵 우리 집에 생각지도 않던 무거운 택배 상자가 하나 배달되었다. 우리와 잘 아는 시골 농사짓는 집에서 보낸 것이다. 아내와 내가 함께 들고 들어와 뜯어보니 청국장 열 봉지가 가득 들어 있었다. 아내는 곧 얼마 전에 그 시골 아줌마에게 청국장을 띄워 그것을 말려 가루를 만들어 보내달라고 부탁하였는데 엉뚱한 물건을 보내왔다고 불평을 하면서 시골 아줌마에게 전화를 걸었다. 곧 잘못 보낸 것이니 내일 다시 택배로 돌려보내 달라고 하여 그렇게 해주기로 하고 전화를 끊었다.

그러나 아침이 되자, 아내는 어렵게 살아가는 농사짓는 사람에게 공연히 왕복 택배비만 물게 할 수 없으니 청국장을 팔아보아야겠다고 마음을 바꿔먹었다. 청국장도 보기에 잘 띄운 것 같다는 것이다. 그리고는 여기저기 자기 친구들에게 전화를 걸기 시작하더니 곧 다 팔았을 뿐만이 아니라 물건보다 사자는 주문이 더 많아져 물건 양을 조절하기가 난감하다는 비명이 들려왔다. 어떻든 곧 시골 아줌마에게 청국장 다 팔았으니 대금을 붙여주겠다고 전화하자 무척 좋아한다고 하면서 자기도 기뻐하고 있었다.

　아내는 서울 한복판에 태어나 자랐고 별로 여행도 하지 않았기 때문에 쌀이 어디에서 나오는 것인지도 잘 모를 정도로 시골에 대하여는 맹탕이었다. 그러한 아내가 분당으로 이사를 온 뒤 크게 달라졌다. 그것은 분당으로 이사 온 다음 우연히도 작은 밭에 농사를 조금 짓게 된 때문이다.

　우리가 농사를 짓게 된 경로는 앞의 '2. 농사짓기'에서 자세히 설명하였다.

　밭농사를 하면서 아내가 맡은 일은 주로 수확을 하는 일이다. 봄이 되어 상추를 뜯고 열무를 솎는 일로 시작하여 오이, 가지, 풋고추, 호박, 토마토, 강낭콩 등 가을이 깊을 때까지 수확할 농산물은 끊이지 않는다. 퍽 수고로운 일인데도 아내는 언제나 신이 난다. 아무래도 적지 않은 것을 친구와 이웃에 나누어 주는데 재미가 들린 까닭도 있을 것이다. 우리 밭의 생산물은 바로 옆 밭에서 나는 것들이나 팔고 있는 물건들에 비하면 영 볼품이 없다. 우선 크고 실하게 자라지 못하였고 모양새나 빛깔도 흔한 잡초 같은 볼품없는 생김새다. 상품이 되기에는 모양새가 시원찮은 것이 대부분이다. 그러나 옆 밭에 많은 비료와 농약을 써서 실하게 키운 물건들보다 우리의 생산품이 진짜 자기 맛과 향기를 지니고 있다. 우리 것을 먹어본 사람들은 풋것을 사먹기가 싫어졌다고 흔히들 말한다. 쌀이 어디에서 나는지도 모르던 아내가 이제는 채소 씨를 뿌린 다음 싹이 터서 하루하루 자라나는 모양을 바라보며 김도 매고 솎아주기도 하면서 농사일 뿐만이 아니라 식물이 자라고 열매가 달리는 것을 보는 것 자체를 즐긴다.

이전에는 하루 이틀 여행을 가자고 하면 아내가 고르는 목적지가 언제나 관광명승지였다. 그러나 지금은 한 달에 5, 6회 나가더라도 언제나 나의 고향 충주 근처의 시골이다. 무엇보다도 지금 와서는 차를 타고 가면서도 도중에 들판에서 자라고 있는 농작물을 자세히 관찰하면서 즐긴다. 가끔 길가에 특별한 경작물이 있거나 잘 자라고 있는 채소가 있으면

차를 세우고 구경을 하고 가려고 한다. 들깨를 잎을 따는 것을 목적으로 기르고 있는 밭을 발견하고 아내의 뜻에 따라 차에서 내려 들깨밭으로 가서 그것을 기르는 방법이며 자라고 있는 모습을 자세히 둘러보고 온 일도 있다.

그 덕분에 우리와 절친한 농가가 몇 집 생겼다. 충주에는 우리가 온천욕을 하고는 점심을 먹는 단골 식당 옆 과수원집이 있다. 우리는 일 년 내내 그 집의 사과를 사다가 먹으면서 우리 아이들과 이웃 친구들에게까지 사과를 사다주는 심부름을 한다. 원가가 서울지역보다 싸기도 하려니와 상품이 되지 못하는 사과를 거저 얻기도 하기 때문에 크게 유리하다. 부수적으로 수확하고 있는 잡곡도 가끔 사오지만 과수원 근처에서 나는 호박이나 나물 같은 것도 자주 얻게 된다. 월악산 골짜기에 있는 제천군 수산면에는 손두부를 전문으로 하는 식당이 있어 찾아갔다가 그 옆의 방앗간을 경영하는 집까지 사귀어 늘 가서 여러 가지 잡곡을 사온다. 특히 설날 가래떡은 이 집의 것이 맛있어 단골이 되었고 지금은 우리를 따라 여러 집에서 그곳 떡을 주문하여 먹고 있다. 월악산의 또 다른 골짜기의 제천군 덕산면의 한 농가에서는 마늘을 잘 기르고 있어서 마늘과 함께 여러 가지 잡곡을 사다 먹는다. 진짜 유명한 단양마늘이다.

시골 농가 중 가장 적극적인 거래가 있는 집은 음성 원남면의 한 농가이다. 마침 우리 할아버지 할머니와 아버지의 산소 바로 아래 산기슭에 천 평도 되지 않는 밭이 있는데 그 고장에서 농사짓는 김씨 성의 사람이 인삼을 그 땅에 재배하겠다고 빌려달라는 제의가 들어왔다. 나는 우리 묘 두 장을 벌초만 해달라는 조건을 붙이고 그 땅을 빌려주었다. 그 묘가 있는 골짜기는 국도에서 산을 끼고 돌면서 낚시터로 이름난 호수 곁을 지나 들어가는 작은 동리 옆에 있는데 인가 하나도 보이지 않는 깨끗한 곳이다. 우리 밭 옆 약간 위로부터 맑은 물이 흐르기 시작하여 작은 계곡을 이루고 있다. 옛날에는 그 계곡물을 따라 작은 논이 이어져 있었는데 지금은 계곡 입구에 이르기까지 경작을 하지 않고 버려두어 작은 늪으로 변하여가고 있다. 우리 부부는 봄가을로 성묘를 가기도 하지만 아내는 특히 그곳을 다니면서 알게 된 쑥과 돌미나리며 머위와 취를 비롯하여 산나물 뜯기를 좋아한다. 그리고 곧 김씨 부처는 상당히 각종 농사를 많이 열심히 짓는 대농이라는 것을 알게 되었고, 아내는 그들과 상당히 친해졌다. 지금은 우리가 그곳에 가면 우리 아이들을 너덧 명 데리고 간다 하더라도 반드시 우리 식사를 준비한다. 몇 번 점심을 밖에서 먹고 갔다가 그들 부부가 너무나 섭섭하게 여기는 바람에 그 뒤로는 그곳을 갈 적에는 밥도 얻어먹을 작정을 하게 되었다.

그 집을 내왕하면서 아내는 상당히 번잡한 일을 한 가지 맡게 되었다. 몇 년 전 그 집을 가보니 강낭콩을 상당히 많은 양 수확해 쌓아 놓고 그것을 소비하는 방법이 없어 고민하고 있었다. 김씨 부부에게 받고 싶은 콩값을 물어보니 무척 쌌다. 아내는 이처럼 맛있어 보이는 콩이 이렇게 싸다면 우리 아파트에서 쉽사리 소비될 것이라 판단하고, 그 콩을 팔아줄 것이니 우리 아파트로 적당한 크기로 포장을 한 다음 가지고 오라 하였다. 다음 날 김씨는 작은 상자에 나누어 담은 강낭콩 수십 상자를 작은 트럭에 싣고 와 한 상자를 5천 원씩 받아달라고 부탁하였다. 아내는 이처럼 싱싱한 콩이 한 상자에 5천 원이라면 너무 싸다고 생각하고 김씨와는 상의도 없이 한 상자에 7천 원씩 받았으나 순식간에 모두 팔려버렸다. 김씨는 자기 예상보다 훨씬 많은 돈을 받아들고 무척 고맙다고 인사를 하면서 돌아갔다. 그로부터 아내는 그 집에서 특히 많이 생산하는 가을의 고추와 배추를 비롯하여 감자, 고구마 등 여러 가지 농산품을 직거래 해주는 역할을 수행하게 되었다. 여러 해가 되었지만 아내의 직거래 연결 역할은 매우 성공적이다. 그것은 아내가 역할을 잘한다기보다도 김씨 부부가 워낙 열심히 농사를 지어 좋은 농산품을 생산하고 있기 때문에 한 번 그 집의 농산물을 대해본 이들은 모두가 고객이 되기 때문이다.

우리는 시골에 갔다 올 적마다 자동차 트렁크에 그날 찾아간 농가로부터 필요한 농산물을 사서 가득 싣고 돌아온다. 우리가 먹는 쌀과 잡곡은 거의 모두 그들이 직접 농사지은 뛰어난 품질의 것이다. 우리가 먹는 것뿐만이 아니라 우리세 아들딸 가족이 먹는 것들도 거의 모두 우리가 사서 보내준다. 깨·들깨·검은 콩·땅콩 같은 특수 잡곡들은 아내의 친구들까지 적지 않은 양을 사다주고 있다.

그뿐만이 아니라 가을이 되어 무, 배추를 수확하고 김장을 할 때가 되면 아내는 무척 바빠진다. 붉은 고추며 무, 배추 등 농촌에서 생산되는 농산품들을 직접 그것을 필요로 하는 이곳의 실수요자들에게 연결시켜 준다. 근년에는 택배제도가 발전하여 이 작업도 훨씬 이전에 비하여 손쉬워졌다. 택배는 비용을 아끼고 편의를 도모하기 위하여 서너 집 물건을 한 곳으로 모아서 보내도록 하는데, 그 연결 역할을 모두 아내가 해준다.

우리가 작은 밭을 직접 경작하고 있다는 말을 들은 뒤부터 그 집에서는 여러 가지 농사를 짓는데 필요한 것들을 공급해

준다. 봄이 되면 우리는 고추와 오이며 가지 등 봄에 필요한 나물 묘목을 필요한 만큼 그곳에 가서 얻어온다. 그들은 여러 동의 비닐 온실에서 무척 많은 필요한 묘목을 기르고 있기 때문에 거기에서 수십 개 들고 오는 것은 자리도 나지 않는 정도이다. 이런 것들도 이제는 농촌 출신의 나보다도 아내가 더 잘 알아 종류와 양을 결정한다. 시골은 퇴비가 싸다면서 우리 집으로 농산물을 실어올 적에 몇 포대씩 갖다 주고, 고추 대를 떠받치는 대까지도 공급해 준다. 첫 해는 화학비료와 농약까지도 싸주었으나 바로 우리가 그런 것은 전혀 쓰지 않는다는 것을 알고 중지하였다.

아내는 시골은 가보지도 못하고 자랐으나 지금은 시골사람들보다도 시골에 대하여 더 잘 알고 또 그 시골을 사랑한다. 농촌을 좋아하게 된 아내가 더욱 자랑스럽고 말없이 열심히 남을 돕는 아내의 모습이 더욱 보기 좋다. 실은 가끔 아내가 소개해준 농산물의 질이 마음에 들지 않는다고 반품을 하면서 아내에게 전화를 걸어 불평을 하는 이들도 있다. 가끔 모욕적인 태도인 경우도 있으나 아내는 그런 사람도 잘 설복하여 무마하기에 힘쓴다. 우리 아파트 주민 중에는 우리가 시골에 상당히 큰 농장이라도 갖고 있는 줄 아는 이들이 많다. 남들이 나를 농장주라고 생각해 주는 것도 나쁘지만은

않은 것 같다. 아내가 더 농사짓는 이들을 도울 수 있는 길이
발견되었으면 좋겠다.

2012년 4월

15
우리 집에서 맞이하는 해돋이

우리 집에서는 11월 하순 무렵부터 다음 해 1월을 거쳐 2월 초순에 이르는 기간에는 안방이나 거실에 앉아서도 저 멀리 보이는 낮은 산등성이 위로 솟아오르는 아침 해를 볼 수 있다. 남들은 해돋이를 보려고 멀리 바닷가까지 달려가는데 우리 집에서는 잠자리에서 그대로 해돋이를 볼 수 있으니 정말 다행한 일이다. 대략 11월로부터 12월 말엽에 이르는 동안에는 해가 돋는 지점이 우리 집에서 바라볼 적에 9시 방향에서 10시 방향으로 옮겨오다가, 12월 하순 무렵부터 정월을 거쳐 2월에 이르는 기간에는 그전과 반대 지점으로 옮겨간다. 그 분계점은 동짓날일 것이다. 그리고 그 9시 방향에는 중앙공원과 불곡산을 이어주고 있는 작은 공원 저쪽으로 아파트 지붕이 산등성이를 가리고 있어서 2월 10일 무렵이 되면 산등성이 위로 솟아오르는 해를 볼 수 없게 된다. 그 뒤로는 두 동의 아파트 지붕 위로 뒤늦게 떠오르던 해가 2월 하순이 가까워지면 그 아파트를 지나 8시 방향의 산 위에서 떠오른다. 6월에는 해가 떠오르는 자리는 앞 베란다로 나가 고개를 왼편으로 내밀어야만 보인다. 하지 때까지는 이처럼 해뜨는 자리가 왼편으로 옮겨가다 하지가 지난 뒤로는 다시 9시 방향으로 되돌아올 것이다. 그리고 보통 때에는 하늘에 구름이 가리어 있기도 하고 그쪽에 있는 지역 발전 시설에서 연기가 무럭무럭 피어오르기 일쑤여서 해돋이 관경을 제대로 보기 어려운 날이 적지 않다.

그러나 동짓날을 중심으로 하여 연말 연초에는 오전 8시가 다 되어 해가 뜨는데 하늘이 맑은 날이 비교적 많아 황홀한 해돋이를 보다 자주 보게 된다. 여기서 보는 해돋이도 처음에는 산등성이가 붉게 물들기 시작하다가 붉고 커다란 해가 솟아오르기 시작한다. 해가 반쯤 솟아오를 적의 해가 가장 크고 보는 눈을 황홀하게 한다. 일단 동그랗게 다 떠올라 햇빛이 내가 있는 곳까지 비치게 되면 해의 크기는 단단해지며 작아지는 듯이 느껴진다. 이럴 때면 오직 온 집안을 밝게 비추어주는 햇빛에 가슴 뿌듯한 감동을 느끼며 하나님께 감사를 드릴 따름이다. 그러나 이 집에 이사 온지 10년이 다 되어가고 있지만 깨끗하고 감동적인 해돋이를 본 것은 일 년에 몇 번 되지 않는다.

그러나 금년 음력 설(1월 23일)을 전후하여서는 수십 년 만의 무서운 추위가 찾아온 탓일까 동녘 하늘이 깨끗이 맑은 날이 많다. 올해는 여러 번 처와 손잡고 서서 앞산에 솟아오르는 해돋이를 보며 하나님의 축복에 감사를 드렸다. 곧 해가 솟을 듯이 붉어지는 산등성이를 바라보는 시간은 무척 긴 것 같은데, 붉고 큰 해가 보이기 시작하면서 온 세상이 밝아지는 시간은 감동적인 충격 탓인지 한순간의 웅장한 장면인 것만 같다. 정신을 차려 보면 이미 둥근 해가 산등성이 위에 떠서 온 세상에 밝은 빛을 비쳐주고 있다.

솟아오르는 해를 맞이하는 것은 바로 하나님을 직접 뵙는 것처럼 마음이 경건해진다. 아내와 어깨를 나란히 하고 산등성이 위가 붉어지기 시작할 때부터 나의 지나온 행적과 앞으로 할 일을 생각하면서 경건한 마음으로 간절히 기도를 드렸다. 무엇보다도 이제껏 행복한 삶을 누리게 해주신 축복이 감사하기 짝이 없다. 솟아오르는 붉은 해는 바로 희망이다.

해가 떠오르면서 이 세상을 비치듯 세상을 밝히는 일에 나도 무엇인가 이바지 할 수 있을것만 같다. 무엇보다도 저의 남은 힘을 한국의 중국어문학 발전을 위하여 공헌하게 해 주십시오 하고 기도드렸다.

해 얘기를 하다 보니 마침 『시경(詩經)』 제풍(齊風)에 들어 있는 「동녘의 해(東方之日)」라는 시가 머리에 떠오른다.

동녘의 해여!
저 아름다운 이가
내 방에 와 있네.
내 방에 와서는
내게 붙어 다니네.

동녘의 달이어!
저 아름다운 이가
우리 집 안에 와 있네.
우리 집 안에 와서는
나만 따라다니네.

<ruby>東方之日<rt>동 방 지 일</rt></ruby>兮<rt>혜</rt>! <ruby>彼姝者子<rt>피 주 자 자</rt></ruby>, <ruby>在我室<rt>재 아 실</rt></ruby>兮<rt>혜</rt>.

在我室兮,<ruby>재아실혜</ruby> 履我卽兮.<ruby>이아즉혜</ruby>

東方之月兮!<ruby>동방지월혜</ruby> 彼姝者子,<ruby>피주자자</ruby> 在我闥兮.<ruby>재아달혜</ruby>

在我闥兮,<ruby>재아달혜</ruby> 履我發兮.<ruby>이아발혜</ruby>

여기에서 "주자자(姝者子)"의 '주'는 '아름답다'는 뜻이기 때문에 일반적으로 이 시를 노래하는 사람의 애인이라고 풀이하는 것이 일반적이다. 그러나 자기 마음에 아름다움을 안겨주는 기쁨이나 희망을 상징하는 아침 해라 보아도 좋을 것 같다. 이 시의 둘째 절에서는 달을 노래하고 있지만 보름 뒤에는 역시 우리 집에서 둥근 달을 그대로 볼 수 있다. 나처럼 햇빛이 방 안에까지 비치는 기쁨을 가슴에 안고 노래한 것이 이 시가 아닌가 여겨지기도 한다. 방 안 어디로 가도 햇빛은 계속 비춰주기 때문에 햇빛이 "내게 붙어 다닌다."고 한 것만 같다.

어떻든 솟아오른 붉은 해는 바로 희망이다. 기도드리는 일들이 앞으로 모두 이루어지게 될 것만 같다. 붉은 해는 힘과 능력을 뜻하기도 한다. 내게도 힘과 능력이 주어져 하고자 하는 일들 모두 이룰 수 있을 것만 같다. 온 세상을 밝히는 햇빛은 바로 사랑이오 축복이다. 나는 아내와 함께 솟아오르는 해 같은, 남보다 듬뿍 받고 있는 사랑과 축복을 되새기며 새해를 맞이하기로 하였다. 동방지일혜여! 이 시의 일반적인 해석처럼 해와 달을 내가 사랑하는 아내를 상징하는 것이라 해도 불만은 없다.

2012년 월 22일

16

봄날의 중앙공원 산책

　　분당의 중앙공원에는 탄천 가를 따라 양편
으로 벚꽃나무가 줄지어 심겨져 있다. 그런데 이 벚꽃 나무
는 해마다 자라나서 한 해 한 해가 지날수록 꽃이 핀 풍경이
더욱 화려해지고 있다. 때문에 보통 때는 불곡산 쪽으로 산
책을 하다가도 벚꽃이 필 무렵이면 가끔 발길을 중앙공원 쪽
으로 돌린다. 한 잎 두 잎 꽃잎이 날리는 꽃그늘을 걸을 적의
기분은 바로 천국을 거니는 것 같다. 아내를 재촉하여 함께
걸어도 보았고, 친구들과 어울리어 꽃을 즐겨보기도 하였다.
그러나 올해는 벚꽃이 만발할 무렵 적지 않은 일이 생겨서

바빴고 날씨도 좋지 않은 날이 많았다. 때문에 만발한 벚꽃을 제대로 즐길 틈이 없었다.

그러던 중에 시간여유가 생기어 벚꽃을 구경하고 싶은 생각이 문득 들었다. 날씨도 바람이 불며 비가 좀 내린 뒤라 맑지 않고 집에서 창밖을 내다보아도 벚꽃 철은 이미 다 지난 것 같았다. 그래도 벚꽃에 대한 미련을 버릴 수가 없어서 간단한 차림으로 집을 나섰다. 미처 공원으로 들어서기도 전에 아파트로부터 공원으로 향하는 촉촉한 길 위에는 적지 않은 꽃잎들이 날려 와 깔려있었다. 저녁때가 가까워진 때문인가 길 위나 공원에는 나 이외에 다른 사람이 별로 눈에 뜨이지 않는다. 마치 하늘의 천사가 나의 출타를 위하여 길 위에 꽃잎이라도 뿌려준 듯이 느껴졌다. 가슴이 두근거리면서 무한한 기쁨이 솟구쳐 올랐다. 공원에 들어서서 중앙공원 탄천 쪽으로 갈수록 더 넓어진 길에 꽃잎은 점점 많아지고 있었다. 우리 아파트 길 옆에도 벚꽃 나무가 두어 그루 있고, 우리 동리 공원으로부터 중앙공원으로 넘어가는 넓은 큰길 위에 만들어놓은 가교 위에는 여러 그루의 벚나무가 심겨져 있기 때문이다.

탄천 가까이로 발길을 옮길수록 꽃잎은 더 많이 촉촉한 길 위에 화사하게 깔려있다. 벚꽃 나무 가까이 가니 아직도 펼

펄 꽃잎이 땅 위에 날라 떨어지고 있다. 꽃잎은 떨어진 정도가 나무에 따라 약간 달랐지만 아직도 쭉 늘어서서 꽃가지로 하늘을 가리고 있는 나무들은 아름답기 그지없다. 마치 하나님이 천사를 시켜 꽃잎을 온 세상에 뿌리게 하여 꽃잎으로 덥힌 세상을 만들어놓은 것 같다. 꽃나무 사이로 보이는 소나무며 잡나무들도 오늘따라 더욱 아름답기만 하다. 양편으로 산책길을 따라 줄지어 자란 갯버들이 늘어서 있는 탄천의 풍경과 주변의 나무숲은 말할 것도 없고 멀리 불쑥불쑥 솟아 있는 아파트 건물의 일부조차도 오묘한 하나님의 창조 솜씨로 이루어진 것들인 것만 같다. 꽃잎을 밟으며 이 길을 따라가다 보면 꼭 천사가 나와 나를 마중해줄 것만 같았다. 하나님 고맙습니다!

정신없이 가다가 보니 길 옆에 자동차가 여러 대 서 있어 그제야 다시 내가 걷고 있는 곳이 이 세상임을 확인하게 되었다. 주차장이었다. 정신을 가다듬고 다시 둘러보아도 온 땅이 융단을 깔아놓은 것보다도 아름다웠다. 중앙공원이 이렇게나 아름다웠던가 하고 새삼 되뇌어보며 거듭 주변을 둘러보아도 정말 아름다웠다. 이 세상에 이보다 더 아름다운 광경을 보기는 어려운 일일 것만 같았다. 그리고 나이가 팔순에 가까워지도록 이런 세상의 아름다움을 모르고 살아온 것만 같다. 하나님! 이제라도 이 세상의 아름다움을 깨닫게 해주셔서 정말 감사합니다!

215

17
인헌서실(仁軒書室)

　　　　　나는 정년퇴직을 앞두고 가장 문제가 되는
것이 그 사이 늘어난 나의 책과 중국을 다니며 중국 각지에
서 모아들인 300점에 가까운 나무를 깎아 만든 나무탈의 처
리였다. 책은 퇴직을 한다고 해도 상당히 필요할 것이라서
일부분은 계속 보존해야 할 것이고, 중국 탈은 아직 모으는
일이 끝난 것이라 생각하고 있지 않았기 때문에 다른 사람에
게 보관을 맡길 수가 없었다. 학교에서는 화장실 옆의 창고
같은 빈방이 하나 발견되어 그곳을 탈 보관 장소로 활용하고
있었다. 만약 이것들을 내가 사는 아파트로 갖고 들어온다면

그 아파트는 사람들이 살기에 매우 불편한 창고 같은 장소가 될 것이기 때문이다. 이에 책과 탈을 보존할만한 오피스텔 같은 곳을 물색하기 위하여 아내까지 동원하여 서울 시내를 돌아다니면서 찾아보았으나 적절한 장소를 발견할 수 없었다. 이것이 퇴직을 앞둔 내 마음을 늘 불편하게 만들고 있었다.

그러던 중 어느 날 점심 때 학교 구내식당에서 식사를 하게 되었는데, 옆자리에서 식사를 하고 있던 동료 교수가 오늘 학교를 오다 보니 학교 후문 호암생활관 쪽의 관악산 기슭에 새로 아파트를 지어 입주를 시작한 모양이던데 서울대 교수들이 편리하게 이용할만한 아파트 같더라는 말을 해 주었다. 순간 내 귀가 번쩍 뜨였다. 그런 곳의 작은 아파트를 하나 사면 모든 문제가 해결될 것이기 때문이다. 나는 점심을 끝내자마자 그길로 아파트가 있는 곳으로 달려갔다. 입구에 복덕방이 있어 들어가 물어보니 아파트 크기는 28평이고 그곳의 주택환경을 개선하기 위하여 서울 도시공사에서 건설한 것이며, 지금 입주를 앞두고 있는데 팔려고 내놓은 것도 몇 개 있다는 것이었다. 그리고 가난한 사람들을 위하여 지은 아파트라 세 곳 은행에서 건축비를 대출해주고 있어서 은행대출금을 제하고 나면 나머지 아파트 값은 별로 많은 돈이 아니었다. 나는 즉시 그 중 가장 위치가 좋다고 생각되는 것을 골라 구매를 흥정하였다.

그래서 산 집이 그 뒤에 뚫린 봉천 11동으로 들어가는 낙성대터널 바로 앞의 인헌 아파트 1동 203호이다. 7층 아파트의 2층인데, 방은 3개, 퇴직을 하는 즉시 물건을 옮겨 보니 한 방은 탈 보관소가 되고, 거실과 방 두 개의 벽은 거의 빈 틈없이 책장으로 가리어졌으나 안방과 거실에 책상과 컴퓨터를 갖다 놓고나니 혼자 쓰기에 딱 알맞은 독립 서재가 이루어졌다. 아파트 앞은 나무가 우거진 관악산 자락이라 공기가 말할 수 없이 신선하고 주변은 언제나 조용하여 책 읽고 글 쓰기에 매우 좋은 조건이었다. 게다가 학교도 가까워서 가까운 사람들이 언제나 찾아올 수가 있었다. 그리고 서재가 학교 후문 가까운 곳이라 퇴직을 한 뒤에도 퇴직을 하기 전과 똑같이 조반만 먹으면 늘 다니던 길을 따라 차를 몰고 인헌 아파트로 나갔다. 때문에 나는 정년퇴직을 한 뒤에도 강의만 이전과 다른 곳에서 하게 되었을 뿐 생활방식에 별 변화를 느끼지 못하였다.

다시 중국 탈은 국립민속박물관에 무상으로 기증하였다. 탈을 기증하고 보니 아파트에 약간 여유가 생기어 생활하기가 더 좋아졌다. 인헌 아파트로 서재를 옮긴 뒤 관리실에 '인헌'이라고 할 때 '인'은 어질 인(仁) 자임에 틀림없을 것 같으나 '헌' 자가 어떤 글자인지 모르겠다고 질문을 하여 보았으나 모두가 잘 모르겠다는 대답이었다. 어떤 분이 확실치는 않지만 법 헌(憲) 자일 것이라는 말을 해 주었다. 그것도 확실치 않다면 '큰 수레' 나 '지붕 추녀' 또는 '집' 을 뜻하는 헌(軒) 자였으면 좋겠다고 홀로 생각하였다. 그리고 동리 이름과는 상관없이 서재의 이름을 '인헌(仁軒)' 이라 부르면 좋겠다고 홀로 생각하였다.

이미 정년퇴직을 한지 14년이다. 이 서재를 정리해야겠다고 생각하면서도 정리를 못하고 있는 것은 책 때문이다. 퇴직하고 나오면서 책의 반 이상을 학과 도서실에 기증하고 나왔지만 그 나머지도 적지 않은 양이고 그 뒤에 늘어난 책도 적지 않다. 책의 처리는 나 혼자서는 어찌해야 좋을지 아직 모르겠다. 아무래도 나와 인헌은 인연이 강하게 엮이어져 있는 것만 같다.

어쩌는 수가 없다. 힘이 자라는 데까지 인헌에서 버티어보는 수밖에 없다. 다만 공부만 할 것이 아니라 서재가 인헌(仁軒)이니, 책 읽는 나머지 힘은 세상에 '어짊' 이란 덕목을 널리 펴는 데에도 다 바쳐야만 될 것이다.

2013년 1월 23일

둘이서 함께 그려온 그림
● 금혼식을 맞아 지난 세월을 돌아보며 ●

초판 인쇄   2013년 8월 5일
초판 발행   2013년 8월 9일

저   자 | 김학주
디자인 | 이명숙 · 양철민
발행자 | 김동구
발행처 | 명문당(1923. 10. 1 창립)
주   소 | 서울시 종로구 윤보선길 61(안국동)
            우체국 010579-01-000682
전   화 | 02)733-3039, 734-4798(영), 733-4748(편)
팩   스 | 02)734-9209
Homepage | www.myungmundang.net
E-mail | mmdbook1@hanmail.net
등   록 | 1977.11. 19. 제1~148호

ISBN 978-89-7270-464-5 (03810)
9,000원